# UN RÊVE SAUVAGE

WANCITO FRANCIUS

*AuthorHouse™*
*1663 Liberty Drive*
*Bloomington, IN 47403*
*www.authorhouse.com*
*Phone: 1-800-839-8640*



*First published by AuthorHouse 2/24/2011*

*ISBN: 978-1-4567-4867-8 (e)*
*ISBN: 978-1-4567-4868-5 (sc)*

*Library of Congress Control Number: 2011903217*

*Printed in the United States of America*

# PROLOGUE

Ce livre est dédié au peuple haïtien, à sa ténacité et à sa persévérance.

C'est une leçon de vie comme quoi rien n'est jamais perdu tant que demeure l'espoir d'un meilleur futur. Un rêve peut, si on le veut, se transformer en réalité.

# REMERCIEMENTS

Mes remerciements à tous ceux qui ont callabore à la réalisation de cet ouvrage.

1. Judith Joseph, ma femme pour ses supports
2. Chantal Isme, pour ses conseils judicieux
3. Alain Philoctete, pour la première partie de correction de ce travail
4. Saragosti Tobie, traducteur-agréé. Montréal.

**FLORENCE, VINGT-DEUX ANS,** était maman d'une petite fille. Elle reçut une bonne éducation classique et obtenu un diplôme de secrétaire trilingue chez les sœurs de Marie-Anne. Après le décès de son père, André Victor, elle habita avec sa mère, Adrienne, dans l'une des quatre pièces de la maison qu'elles avaient reçue en héritage. Elles louèrent les trois autres pièces afin de pouvoir en tirer un petit revenu annuel. La situation économique s'aggravait de jour en jour et les deux femmes étaient au bord de la misère.

Pour joindre les deux bouts, Florence décida de se mettre à la recherche d'un travail, une tâche pratiquement impossible, compte tenu des circonstances. Elle du, sans succès, arpenter bon nombre de salles d'attente. Fatiguée et découragée, elle se rendit compte qu'il ne lui restait plus qu'à accepter un travail dans une des nombreuses usines du parc industriel. Peu importe quel travail! Au diable ses compétences! Il lui fallait penser uniquement à sa petite fille et à sa mère.

**ELLE RENTRA CHEZ ELLE,** pleine d'espoir. Pour la première fois de sa vie, elle avait trouvé un travail et devait commencer dès le lendemain. Tout heureuse, elle sauta dans un taxi qui traversa le boulevard du Quinze Octobre jusqu'au coin formant le croisement avec la rue Delmas. Brusquement, le chauffeur freina, sortit de la voiture, et, visiblement affolé, ordonna aux passagers de descendre du véhicule. Des tirs d'armes automatiques éclatèrent. Les gens et les voitures fuyaient dans tous les sens. Un échange de tir entre policiers et bandits s'ensuivit.

Poussée, bousculée, avant même de comprendre ce qui se passait, elle se sentit saisie et soulevée par deux bras puissants. Elle servait désormais de bouclier humain aux malfaiteurs. Ils la forcèrent à s'asseoir sur la banquette avant d'un minibus gris métallique, entre le chauffeur et un des malfaiteurs et lui recouvrirent la tête d'une cagoule noire. Le minibus démarra en trombe et emprunta de nombreux raccourcis pour éviter les embouteillages de la rue Delmas et distancer la police. Florence réalisait soudain qu'elle faisait désormais partie des statistiques des personnes enlevées ou disparues.

Elle protesta et hurla en serrant contre sa poitrine son sac à main et l'enveloppe jaune contenant ses diplômes et d'autres documents.

On lui ordonna de se taire. Elle tenta alors de les amadouer :

— Relâchez-moi, je vous en prie, je n'ai pas d'argent, seulement des documents. vous pouvez vérifier. Je ne veux pas mourir.

Une voix nerveuse lui coupa la parole :

— Si tu tiens vraiment à la vie, ferme ta gueule!

Une autre voix se fit entendre :

— La ferme!

La menace était prononcée sur un ton qui devait être pris au sérieux. Elle n'avait aucun indice sur sa destination. Où l'emmenait-on?

**LA POLICE AVAIT PERDU LEURS TRACES.** Les ravisseurs continuaient de rouler à vive allure. Pauvre Florence, quelle malchance pour elle de se trouver au mauvais endroit, au mauvais moment! Mais, que pouvait-elle faire...

La cagoule noire qui lui couvrait la tête l'étouffait. Sa respiration était haletante.

Elle se remit à hurler et à gesticuler dans tous les sens. Elle devinait, au vacarme, aux injures, aux bêlements, aux bruits causés par les bouteilles qu'on déplaçait dans des contenants métalliques, que la voiture traversait un marché public.

Elle essaya alors d'alerter le voisinage. Elle rassembla toute son énergie et hurla :

— Arrêtez cette voiture! Ce sont des voleurs! Ils veulent me tuer! Au secours!

Les malfaiteurs se jetèrent sur elle, l'obligèrent à se rasseoir et la bâillonnèrent. Ils pointèrent leurs armes sur quelques curieux que tout ce brouhaha avait attirés. Cela suffit à les éloigner et à étouffer toute tentative d'assistance de leur part.

Le minibus arriva à la station de transport en commun Fermathe, Kenscoff, Furcy. Florence priait et suppliait ses ravisseurs. Elle était triste. Elle allait mourir. Sa vie allait basculer aussi vite qu'un battement des paupières. Oh! Mon Dieu! Ma fille! Ma mère! Elle s'imaginait morte, son corps sans vie dévoré par des chiens ou des cochons. Elle continuait de prier, de supplier, de hurler.

L'un des « mafiosi » ordonna alors au chauffeur de stopper et d'en finir avec elle.

— Tuons cette salope!

— Je vous en prie! Laissez-moi partir! Enlevez-moi cette cagoule! J'étouffe! J'étouffe! Ne me tuez pas!

Le chef prit la parole :

— C'est toi qui donnes des ordres maintenant? Reste calme ma petite, nous n'avons pas l'intention de te tuer, pour l'instant.

La voiture continuait de rouler. Florence méditait sur ce qu'on venait de lui dire : « Nous n'avons pas l'intention de te tuer, pour l'instant ». C'était en quelque sorte une assurance-vie provisoire. Seigneur, quand arrivera ce moment macabre? Elle se rappela son enfance, ses luttes quotidiennes, les sacrifices de sa maman et de sa petite fille.

Trois coups de klaxon. Un crissement de freins. Elle sursauta. Le chauffeur arrête le moteur du minibus. Tous les passagers descendirent sauf elle. Elle capta quelques bribes de leur conversation :

— C'est stupide de se retrouver avec une femme sur les bras. Nous devons nous en débarrasser.

Deux hommes l'extirpèrent de la voiture. On lui retira la cagoule. Ils se mirent tous alors à l'agacer :

— Bordel! Je serais déjà mort asphyxié à sa place! Vous, les femmes, toutes des chattes, vous avez plusieurs vies! Profite de respirer à plein poumon, ma belle dame, l'heure viendra où tu n'en aura plus besoin.

Ils éclatèrent de rire.

Florence, aveuglée par les rayons du soleil, se trouvait devant une vaste propriété, de splendides jardins, une fontaine de style Renaissance italienne, une grande piscine remplie d'eau limpide et d'un bleu étrange, une maison ou plutôt une copie d'un château espagnol du seizième siècle. Elle était ébahie par cette richesse extravagante, presque provocante.

Une voix cordiale l'invita à pénétrer dans le « château » :

— Je vous souhaite la bienvenue dans mon humble demeure, chère madame!

Florence hurla de toutes ses forces.

— Au secours! À l'aide! Appelez la police, ils vont me tuer!

Maxi et Richard bondirent pour la maîtriser. Un imperceptible signe de la tête provenant du parrain les firent stopper net. Ils s'immobilisèrent, figés comme des statues de marbre.

Le parrain se dirigea lentement vers Florence.

— Écoutez-moi bien. Pas un seul de vos cheveux ne sera touché sans mon ordre, lui dit-il en lui soulevant le menton.

Elle affrontait courageusement son regard.

— Tuez-moi!

Il saisit son poignet et la fixa droit dans les yeux.

— Écoutez, c'est la dernière fois que j'aurai à prononcer ces paroles! Si vous voulez vraiment mourir, continuez à vous conduire en idiote comme vous le faites. Je n'aurai qu'à lever la main. Dans le cas contraire, restez sage. Est-ce clair? Comprenez-vous?

Des larmes voilèrent ses yeux en amande. Elle acquiesça de la tête. Elle avança lentement, épuisée, comme une marionnette.

— Ce mécréant a des esclaves à son service qui lui obéissent au doigt et à l'œil, remarqua-t-elle.

Elle franchit la porte d'entrée et déboucha sur une grande salle agréablement décorée. Un sentiment de défaite l'envahit. Ce qui était sûr, c'est que ce mafioso répondait exactement au profil de gangster que nous décrivait notre prof d'histoire en terminale. Pourtant, ces splendides tableaux, ces vases de Chine...

— Je vous en prie, prenez place.

Elle hésita.

— Si vous ne savez pas comment vous y prendre, je vais vous expliquer : vous vous approchez d'une chaise, vous pliez vos genoux vers l'arrière et vous posez votre...

Il n'eut pas le temps de terminer qu'elle était déjà assise.

— Messieurs, cette femme est désormais ma protégée.

Il fixa ses lieutenants un après l'autre. Maxi objecta :

— Patron, nous n'avons pas besoin de cette encombrante créature! C'est absurde! Ou nous la tuons, ou nous la relâchons!

— Je suis d'accord avec Maxi, patron, lança Richard.

— Cette femme restera avec moi, dit le parrain. Richard, préviens Ruth de préparer une chambre et le souper de madame. Vous pouvez disposer, messieurs, je vous appellerai lorsque j'aurai besoin de vous.

Il se leva brusquement, pour couper court à toute discussion, puis s'éloigna.

Florence, désespérée, restait clouée sur sa chaise. Elle fondit en larmes.

Quelques instants plus tard, un jeune homme, modestement vêtu et au sourire sournois, apparut et lui demanda de le suivre. Elle le suivit au premier étage. Ils s'arrêtèrent devant la troisième porte à mi-chemin d'un couloir au fond duquel elle remarqua une autre porte.

— Voici votre chambre, Madame. Vous allez devoir patienter avant d'être servie à manger. Les servantes ne dorment pas ici. Il me revient donc de rester au service du maître ce soir. Tenez, voici votre clé, Madame.

Mise en confiance par tant d'égards, elle demanda :

— Où suis-je donc? Pourquoi suis-je dans cette maison? Quelle heure est-il?

Elle baissa les yeux sur sa main tremblante et constata que son bracelet montre, cadeau de sa mère à l'occasion de ses 22 ans, n'était plus à son poignet. Le majordome sourit.

— Il est sept heures et demie, madame, et vous êtes à Kenscoff. Au sujet de votre présence dans cette maison, je pense que c'est plutôt à vous de m'informer. En fait, c'est la première fois depuis bien longtemps que M. Patrick héberge une femme.

Le jeune homme sourit, lui remit la clé et s'excusa, la laissant toute émue.

**Il était huit heures** du soir.

Madame Victor commençait vraiment à s'inquiéter.

— Oh! Florence. Où es-tu? Ma fille n'a pas l'habitude de s'absenter de la sorte.

La petite Sandy, à peine réveillée, commença à pleurer. Elle prit le bébé dans ses bras et entama un va-et-vient sur ses jambes flageolantes et fatiguées. Quelques instants plus tard, elle déposa l'enfant délicatement dans son berceau et lui prépara un biberon de lait. Sandy le but et se rendormit. Après avoir couché sa petite fille, elle se laissa tomber sur une chaise, se demandant quel malheur avait bien pu arriver à sa fille, son unique enfant, son seul espoir.

Prise dans ses réflexions, elle se rappela tous les combats qu'elle avait du mener depuis la mort de son mari. Sa fille avait dix ans quand le malheur avait frappé.

La nuit avançait et elle n'avait toujours pas de nouvelles de Florence. Sa chère Florie, comme elle aimait l'appeler. Elle constatait qu'à son âge, cinquante-six ans, elle n'avait plus la même énergie pour s'occuper d'un bébé de dix-huit mois.

**Florence se retrouva seule et confuse,** au milieu d'une vaste chambre meublée d'un grand lit en baldaquin, d'une armoire en cèdre et acajou, d'un chiffonnier, d'un divan et d'un boudoir occupant le coin de la pièce. Les murs, d'une blancheur immaculée, étaient décorés de très belles peintures qui paraissaient cependant très froides, presque sans âme. Mais la pièce était bien aérée grâce aussi à un magnifique ventilateur de plafond. Si les circonstances avaient été différentes, Florence y aurait été bien plus à l'aise. Elle se laissa tomber sur le divan, appréhensive. Quelques instants plus tard, le jeune homme réapparut portant un plateau qu'il posa sur la tablette, près du lit.

— Madame, voici votre souper. Si vous désirez prendre une douche, la salle de bain se trouve derrière cette porte.

Elle feignit l'indifférence et lui lança un regard enflammé.

— Ah! Vous pensez que je vais prendre un bain et manger votre saleté de repas!

Elle fit quelques pas, leva les bras en l'air et se retourna brusquement en le dévisageant d'un air étrange.

— Écoutez-moi bien. Je ne suis pas ici de mon plein gré! J'ai été enlevée, séparée de ma mère et de mon bébé! Et vous, et vous...

Elle ne pu terminer sa phrase et éclata en sanglots, incapable de se retenir plus longtemps. Le jeune homme, abasourdi, tenta de lui expliquer ses fonctions dans cette demeure.

— Madame, je suis le majordome et je suis à votre service. D'ailleurs, si vous êtes ici, c'est parce que vous êtes une amie de M. Patrick.

— Je ne suis pas l'amie de votre M. Patrick. J'ai été enlevée, vous comprenez? Enlevée et ramenée de force dans cette maison!

Le jeune homme eut un petit rire gêné. Pour mettre fin à cette conversation, il lui rappela de nouveau ses fonctions.

— Madame, je ne suis que le majordome et je suis à votre disposition. Si vous désirez autre chose, vous n'avez qu'à appeler. Mon nom est Jules. Bonne nuit, madame!

Florence se blottit sur le divan, ramena ses genoux contre elle et enfouit son visage dans ses mains. Elle passa toute la nuit à réfléchir et ne se rendit même pas compte que l'aube commençait à paraître. Elle était perdue dans ses pensées, à la fois victime, actrice et spectatrice, et repassait sans cesse dans son esprit les événements écoulés.

Elle entendit le cocorico et le chant des oiseaux. Un vent froid ouvrit violemment les fenêtres. Il faisait jour...

On frappa à la porte. Florence sursauta, mais ne bougea pas. La porte n'était pas fermée à clé et Patrick pénétra dans la chambre, suivi du majordome. Il fouilla rapidement la pièce du regard. La jeune femme, d'une pâleur cadavérique, semblait clouée sur le divan.

— Bonjour! Il semble que vous n'ayez pas fermé l'œil de la nuit!

Florence choisit de l'ignorer complètement. Jules se dirigea vers la tablette et se rendit compte que le plateau était resté tel qu'il l'avait posé la veille. Il exprima sa stupéfaction du coin de l'œil à son patron.

— Ho! Ho! Vous n'avez pas touché non plus à votre souper. Vous devriez pourtant avoir faim. Je dois reconnaître très sincèrement que je vous comprends. Mais vous vous torturez inutilement!

Elle se leva, boudeuse, le visage baigné de larmes. Jules prit le plateau et sortit.

— Vous n'avez pas le droit de me séquestrer de la sorte! Je n'ai que faire de votre hospitalité bidon! Je veux ma liberté!

— Mais vous êtes libre d'agir à votre guise dans cette maison.

Elle ne répondit pas et continua de pleurer.

— Ne pleurez pas ainsi. Il ne vous sera fait aucun mal. Vous n'aimez pas la cuisine de Jules, je comprends. Celle de Marie Marthe est bien meilleure. Elle travaille tous les jours jusqu'à cinq heures. Vous n'aurez aucun problème.

— Je n'ai que faire de votre baratin! En quoi suis-je concernée! La cuisine d'un tel ou d'un autre... Je ne suis pas ici en vacances et vous le savez mieux que moi.

— Oui, oui, je sais. Vous n'êtes pas en vacances, vous êtes ici chez vous. Autant vous mettre à l'aise dans votre nouvelle demeure.

Tournant les talons, il se dirigea vers la porte et lui lança :

— Marie Marthe est très matinale. Elle ne tardera pas à vous servir le petit déjeuner. Profitez pour prendre un bain tiède, il paraît que cela fait beaucoup de bien!

Puis il lui confia, en baissant la voix :

— Vous ne sentez pas bon du tout.

Elle s'effondra sur le divan, se recroquevilla et éclata en sanglots. Une heure plus tard, on frappa à la porte. Elle ne répondit pas. La personne à la porte hésita un moment, puis décida d'entrer. Florence était sur le tapis, repliée sur elle-même comme un fœtus.

— Bonjour madame. Je m'appelle Marie Marthe.

Elle frisait la quarantaine, un peu boulotte, mais conservait une certaine fraîcheur. Elle ouvrit ses grands yeux. Florence la foudroya du regard.

— Madame, votre petit-déjeuner est prêt. Dépêchez-vous. M. Patrick est déjà à table et il n'aime pas attendre.

— Je m'en fous!

— Je vous en prie, madame, ne vous mettez pas dans un état pareil.

Florence eut un petit rire hystérique.

— Ah! Ah! Je n'ai pas besoin de vos conseils. C'est votre patron qui en a besoin, pas moi! D'accord?

Elle toisa la vieille femme.

— Et qui êtes-vous donc pour me dire quoi faire? Vous êtes aussi dans le coup?

— Je m'appelle Marie Marthe et je travaille dans cette maison depuis vingt-six ans...

— Je vois, coupa Florence sèchement. Alors, écoutez-moi bien, Marie Marthe. Je ne suis ni l'invitée ni la petite amie de votre patron. J'ai été enlevée et ramenée de force dans cette maudite maison. Je n'ai pas l'intention d'avaler vos mensonges, et soit dit en passant, prendre le petit déjeuner avec un *Zenglendo* serait faire la plus grande bêtise de ma vie.

— Ne parlez pas ainsi de M. Patrick. Je le connais depuis

longtemps. C'est un honnête homme. Si sa pauvre mère était encore en vie, elle en serait très fière.

— Ah oui! Très fière!

Exaspérée, la cuisinière prit congé.

Patrick était debout devant la porte de service quand Marie Marthe apparut pour lui dresser un rapport détaillé de son entretien avec Florence. Patrick lui fournit alors une explication assez crédible.

— Vous savez que tout ce qu'elle raconte est faux? N'est-ce pas Marie Marthe?

— Oh oui! M. Patrick. Je suis avec vous depuis si longtemps! Quand j'ai commencé à travailler pour votre honorable mère, vous n'aviez que six ans. Vous avez pour ainsi dire grandi dans mes bras! Je sais que vous êtes un homme bon.

— Très bien. En fait, Marie Marthe, cette dame est la maman de Peterson. Le petit voulait absolument la connaître. Il est temps que tous les deux se rencontrent. Comme elle ne voulait pas, j'y ai mis un peu de force. Vous comprenez?

Marie Marthe hocha affirmativement la tête.

— Le petit a besoin de sa présence. Nous ne sommes pas très proches l'un de l'autre. Je doute qu'une mère puisse refuser de voir son enfant! J'attendrai le bon moment, vous comprenez? Elle est là, c'est tout ce qui compte à présent.

— Ah! Les jeunes mères d'aujourd'hui, je ne les comprendrai jamais. Je vais retourner la voir pour la convaincre de manger quelque chose.

Elle se précipita dans la chambre de Florence.

— Je comprends, madame, que vous soyez fâchée. Mais, pour l'amour de votre fils, il vous faut accepter ce sacrifice.

— De quoi diable parlez-vous? De quel fils?

— Mais le vôtre, madame. Il a tant besoin de vous. Il commence à comprendre, ce n'est plus un bébé, vous savez? J'espère que vous n'avez pas oublié son anniversaire! Il va bientôt avoir neuf ans. Il est si beau!

Florence ne comprenait absolument rien de cette histoire farfelue. Elle en avait trop entendu en une demi-journée!

— Sortez, sale sorcière!

Comme elle semblait ne pas vouloir bouger, Florence passa à l'action et la bouscula.

— Sortez, sortez, bande de zenglados! Remportez votre nourriture de merde!

À la mi-journée, elle eut envie d'une bonne douche, ne tolérant plus son corps crasseux et ses vêtements sales. Elle devait reconnaître que Patrick ne négligeait rien, côté confort et modernité. Elle ne manquait absolument de rien, sauf bien sûr de vêtements propres de rechange.

L'eau tiède arrosait son visage, comme pour ôter ce qui l'empêchait de voir clair.

— Allons donc! Moi, Florence, fille de la très catholique Madame Victor, mère d'un petit garçon? Je suis la mère d'une petite fille. Oh! Sandy, quand vais-je te revoir?

Elle sortit de la douche et s'enveloppa d'une grande serviette. Elle se rendit compte que ce grand lit et cette chambre immense lui faisaient soudainement peur.

**Huit ans et deux mois** s'étaient écoulés depuis que Patrick Sylvain avait confié Peterson à sa sœur aînée Rachelle. Elle s'occupa de lui avec amour, comme si c'était son propre fils. Son frère lui annonça simplement que la mère du petit venait d'être enterrée et qu'il ne pouvait pas prendre soin du bébé. Lorsque Rachelle se maria, Peterson, alors âgé de deux ans, s'attacha fortement à Raphaël qu'il considérait comme son vrai père. Il passa environ sept ans avec eux.

Patrick commençait à se faire une mauvaise réputation et des rumeurs parvinrent aux oreilles du couple. Il était apparemment mêlé à des affaires de drogue, de contrebande et même de vol. Raphaël, avocat sérieux et bien établi, voulu faire la lumière sur ces rumeurs et décida d'avoir un entretien avec lui. La rencontre se termina en bagarre. Patrick ne supportait pas d'être interrogé sur ses activités et affirmait n'avoir de compte à rendre à personne. Un coup de poing en plein visage de Raphaël mit fin à l'entretien. C'est ainsi que malgré tout l'amour qu'ils portaient à Peterson, Rachelle et Raphaël furent obligés de le laisser partir vivre avec Patrick.

Peterson souffrait beaucoup de la séparation, et il ignorait les marques d'affection de son père sauf lorsque celui-ci lui promettait de lui ramener sa mère.

Marie Marthe se rendit à la chambre de Florence afin de recevoir ses instructions pour l'heure du déjeuner. Elle la trouva enveloppée dans une grande serviette de bain et s'efforça, pour Peterson, d'être aimable avec elle.

— Madame, je présume que vous n'avez pas de bagages avec vous?

Florence se laissa tomber sans expression sur le divan.

— C'est dans la rue qu'il m'a enlevée. On lui tirait dessus et il m'a...

Marie Marthe ne lui laissa pas achever sa phrase.

— Ah! Bien. Je comprends. Je vais m'occuper de ça. Je vous apporterai des vêtements propres. D'ailleurs, je pourrais être votre mère. Ah! les jeunes! Vous voulez toujours que quelqu'un d'autre fasse le boulot à votre place.

Elle fit part des besoins de la jeune femme à son patron qui s'occupa de tout avec diligence.

Patrick réfléchissait. La situation dans laquelle il s'était empêtré le travaillait beaucoup. Il avait fait la promesse à Peterson de lui ramener sa mère en espérant en retour quelques brins de tendresse de son enfant. L'enlèvement de Florence lui offrait cette possibilité, mais il n'y avait pas pensé avant l'événement. Florence se trouvait dans la maison et Peterson n'allait pas tarder à la rencontrer. Il fallait à tout prix se servir de Florence pour conquérir l'amour de son fils.

Son mensonge allait rapidement être découvert et il fallait agir vite avant de perdre la face devant ses domestiques qui, jusqu'à présent, l'avaient tenu en haute estime.

La cuisinière, malgré son ancienneté, n'était pas au courant des activités de Patrick. Elle ne savait rien de lui, sauf quelques préférences culinaires.

Lorsqu'on lui apporta les affaires dont elle avait besoin, Florence opta pour une robe simple et légère en coton imprimé de petites fleurs de couleur pêche sur un fond crème. Elle jeta un bref coup d'œil au miroir et s'aperçut que ses cheveux avaient besoin d'être coiffés. Elle les ramena sur la nuque en prenant soin de les nouer avec un ruban qu'elle avait toujours sur elle. Elle se rappela qu'elle s'était fait une permanente la veille au matin. Ses pensées erraient vers sa fille. Son dernier geste avait été de l'embrasser tendrement pendant son sommeil.

Quelques coups frappés à la porte la sortirent de sa torpeur.

Patrick, en pénétrant dans la chambre, tomba sur Florence qui coiffait ses cheveux. Il resta saisi par sa beauté et admira le galbe de ses jambes que la serviette ne parvenait pas à dissimuler. Il découvrit une poitrine fièrement dressée, un cou bien dégagé et examina l'ovale de son visage et sa petite bouche pulpeuse. Il avait le souffle coupé par la pureté, la finesse et l'éclat de sa peau. Florence avait le teint très clair et des yeux couleur tamarin qui embellissaient son visage. Leurs regards se croisèrent et l'expression du visage de Florence le fit reprendre ses esprits et il se ressaisit aussitôt. Décontracté, il s'assit sur le bord du lit et l'invita à s'asseoir près de lui. Comme elle ne semblait pas réagir, il entreprit de lui expliquer ce qu'il attendait d'elle. Il se racla la gorge.

— J'ai un petit garçon qui ne va pas tarder à vous sauter dessus. Je vous demande de m'aider à conquérir son amour en vous faisant passer pour sa mère. En retour, je vous promets de réfléchir sur votre cas. D'ailleurs, Marie Marthe a déjà divulgué la nouvelle à toute la maisonnée.

Révoltée, elle finit par exploser :

— Vous avez fait quoi? Vous avez dit quoi? Vous ne manquez pas de culot...

Élevant la voix pour se faire entendre, il continua.

— Je n'ai pas terminé. Mon enfant est malheureux. Il vivait jadis avec ma sœur et elle lui manque beaucoup. Elle était comme une mère pour lui. Je ne peux plus lui demander de l'aide parce que nous nous sommes vraiment fâchés. Il me peine de le voir dans cet état. Vous allez donc vous montrer très...

Il n'eut même pas le temps de finir sa phrase qu'elle lui hurla :

— Ah oui! Vous parlez de chagrin sans même savoir ce que cela signifie. Et ma petite fille, qu'en faites-vous? Et ma mère? Vous osez me parler de chagrin, de peine, j'ai du mal à comprendre. Vous voulez que je joue le rôle de la mère prodigue qui retourne chez son fils après tant d'années d'absence, un fils qui sera peut-être un *zenglendo* comme vous. Jamais! Vous m'entendez? Jamais! Mère du fils d'un zenglendo...

En un éclair, il lui bâillonna la bouche de sa main. Au même instant, Peterson apparut. Patrick lâcha prise aussitôt. L'enfant lui donnait des coups de pied à la cheville. Désemparé, l'homme se laissa choir sur le lit. L'enfant prit la main de Florence qui ne pouvait plus retenir ses larmes.

— Maman! Maman! Papa t'a fait du mal? Ne pleure pas, je ne le laisserai plus jamais te faire du mal.

Prenant le visage de Florence dans ses petites mains, il tenta de la rassurer. Il voulait lui poser des tas de questions.

— C'est bien à cause de papa que tu ne voulais pas de moi, n'est-ce pas? Ne pleure pas, maman.

Elle ne savait pas quoi lui répondre.

— Tu n'es pas contente de me voir, maman? Tu ne veux pas de moi, c'est bien ça?

Les yeux mouillés de Florence rencontrèrent les yeux baignés de larmes de l'enfant. Patrick, embarrassé, quitta précipitamment la chambre. Peterson lui demanda d'une voix remplie d'angoisse.

— Tu ne m'aimes pas, maman?

Il se retourna pour s'en aller, mais Florence le retint. Les paroles d'Enrico Macias lui revinrent immédiatement en mémoire : « Qu'il soit un démon, qu'il soit noir ou blanc, malheur à celui qui blesse un enfant ». Elle n'avait pas le courage de blesser cet enfant, de le déchirer davantage. Un enfant ne doit pas assumer les erreurs des adultes. Peu importe le prix à payer, c'est au père de corriger ses erreurs.

— Je t'aime mon chéri et je suis contente de te voir. Je suis seulement un peu fatiguée et j'ai besoin de me reposer, comprends-tu?

— C'est à cause de papa que tu ne te sens pas bien? Tu sais, je ne l'aime pas.

— Écoute, mon chéri, tu me poses trop de questions en même temps. J'ai mal à la tête et tu dois me laisser me reposer, d'accord?

— D'accord, maman. Quand tu seras reposée, je te montrerai mes jouets.

— D'accord. Maintenant file.

Florence le serra contre son cœur et il s'en alla. Elle verrouilla la porte et donna libre cours à sa colère. Elle frappa des poings sur le lit et jeta les oreillers au sol. Comment une créature aussi vile et sans scrupules pouvait-elle exister sur terre? Manipuler son propre enfant? Quel monstre! Elle eut pitié de Peterson. Que pouvait-elle faire? Lui dire la vérité le marquera à jamais.

Patrick cogna trois coups à la porte. Elle lui ouvrit. Elle pleurait toutes les larmes de son corps.

— Dieu m'est témoin. Je te remercie et je te demande pardon. Je promets de me comporter en honnête homme. Je ne suis pas insensible. Peterson est mon fils, mon seul trésor. Je ne veux pas le perdre. Je veux son bonheur. Crois-moi, Florence, je ne suis pas un monstre.

— Oui, vous en êtes un! Vous êtes un monstre, lui dit-elle en se plantant devant lui. Quelle magnifique preuve d'amour! Mentir à son enfant de la sorte! Laissez-moi rire!

Elle pivota sur les talons, une main sur la hanche, et parlait en exécutant des arabesques avec ses mains comme pour dessiner dans l'air l'expression de sa colère.

— Monsieur Patrick, l'honnête citoyen, aurait-il peur de sa propre vérité? Et qu'allez-vous faire quand Peterson découvrira que vous avez tué sa mère? Hein! Vous avez planifié le mensonge de me substituer à sa mère biologique, vous devez certainement déjà penser à mon exécution lorsque vous n'aurez plus besoin de moi, c'est exact? Non seulement, vous êtes un monstre affreux, mais vous êtes aussi un misérable lâche!

Patrick lui saisit violemment le poignet.

— Que savez-vous de ma vie? Vous n'avez pas le droit de me juger!

— Oh oui! je suis bien placée pour le faire! Ne suis-je pas la mère de votre fils? Et une mère de substitution en plus!

Il perdit son contrôle et la bouscula.

— Fermez-la!

Elle recula, s'adossa au mur et se laissa doucement glisser sur le tapis. Il se jeta sur le lit.

— Quel gâchis! Merde alors! Je ne voulais pas... J'aimerais seulement aider Peterson, me racheter à ses yeux, lui rendre toutes ces années de bonheur perdu, l'aider à être heureux. Je veux essayer de conquérir même une toute petite place dans son cœur. Faites-lui une place dans votre cœur entre Sandy et votre mère. Je vous en supplie, Florence, j'ai tellement besoin d'un peu d'amour dans ma vie!

Elle ne répondit pas. Sur le seuil de la porte, il l'implora de nouveau, comme le fait un enfant fautif devant sa mère.

— Pardonnez-moi. Je regrette de m'être conduit comme un imbécile. Essayez de penser à Peterson. Il a tellement besoin d'amour maternel!

Marie Marthe avait l'habitude d'inspecter méthodiquement chaque coin de la maison avant de partir vers les cinq heures de l'après midi. Elle rendait régulièrement visite à Madame Florence.

— Si vous avez besoin de quelque chose, madame, vous n'avez qu'à me le dire avant que je parte.

Elle constata avec tristesse que Florence n'avait rien mangé.

— Vous devriez manger quelque chose. Voyez-vous, dans la vie, on n'obtient pas toujours ce que l'on veut. On se retrouve parfois au milieu d'une tempête. La seule façon de survivre, c'est de se laisser porter par les vagues. Si vous ne savez pas nager, faites la planche. Les vagues vous ramèneront toujours au rivage…

Il lui tapota l'épaule avant de fermer la porte.

L'inquiétude, le chagrin et la fatigue finirent par submerger le cœur et le corps de Florence qui plongea dans un profond sommeil.

Le vacarme causé par Peterson et Patrick dans le couloir la réveilla. Il était huit heures du matin en ce samedi 12 mars. Cela faisait déjà plusieurs jours qu'elle était détenue. Elle avait dormi plus de huit heures, mais elle avait encore envie de dormir, encore et encore… Peterson et Patrick entrèrent dans sa chambre, car pour la première fois, la porte n'était pas verrouillée.

— Maman, tu n'as plus la migraine ce matin?

Elle lui adressa un sourire timide. L'enfant lui retourna aussitôt son sourire.

— Maman, papa m'a dit que tu ne voulais pas rester avec nous. Pourquoi, maman, pourquoi?

— Ne t'inquiète pas, Peterson. Ton papa sait très bien que je ne peux pas sortir d'ici.

— Tu vas donc rester avec moi, maman?

— Je resterai aussi longtemps que ton papa le souhaitera.

L'enfant quitta la chambre tout heureux. Il était trop jeune pour comprendre les sous-entendus et les subtilités des réponses de sa mère. Patrick proposa alors de descendre en ville afin qu'elle puisse acheter ce dont elle avait besoin dans les plus beaux magasins de Pétion-Ville. Elle s'exclama d'une voix ironique.

— Nous allons faire des emplettes, maintenant?

— Oui, vous avez besoin de nombreuses petites choses qui vous sont indispensables. Peterson voudrait aussi que vous l'accompagniez dans sa promenade matinale. Vous pourrez ainsi visiter tous les coins et recoins du domaine. Qu'en pensez-vous, Florence, n'est-ce pas une bonne idée?

Se dirigeant vers la porte entrouverte, il la fixa du regard.

— Un petit conseil : « ventre affamé n'a point de jambes ».

En descendant l'escalier, il croisa Peterson à qui il fit part de son projet. L'enfant, enchanté par cette proposition, escalada les marches à toute vitesse pour se rendre dans la chambre de sa mère. Il se jeta au cou de Florence qui resta de marbre. Il remarqua tout à coup la petite table au chevet du lit.

— Oh maman! Tu n'as rien mangé! Pourquoi? Marie Marthe me dit toujours que si que si on ne mange pas, on meurt. Je ne veux pas que tu meures. Si c'est à cause de moi que tu ne veux pas manger, tu peux repartir. C'est mieux que de te voir mourir.

Les larmes qu'il essayait de contenir coulèrent sur ses joues. Déconcertée, elle enroula ses bras autour de son cou et l'attira tout contre elle, ne sachant quoi lui dire.

— Je... Je... Tu ne devrais pas pleurer ainsi, tu sais?

— Tu ne m'aimes pas?

— Ne parle pas ainsi. Je... t'aime. Tu es un charmant petit garçon, tout le contraire de ton papa.

— Tu ne manges pas parce que tu ne veux pas rester avec moi. Cela veut dire que tu ne m'aimes pas.

— Je t'interdis de parler ainsi. Je t'aime, dit-elle doucement en le serrant dans ses bras.

— Tu vas manger, alors?

— Oui, mon chou.

— Après, on ira dans ma chambre et je te montrerai tous mes trésors.

Elle déposa un baiser sur son front, se jeta sur le plateau et en vida le contenu jusqu'à la dernière miette.

Des mois passèrent. Florence et Peterson devinrent, tout naturellement, très attachés l'un à l'autre et ne se séparaient que quand Peterson allait à l'école American Union School. Florence ne se sentait plus autant menacée et ne s'enfermait que rarement dans sa chambre. Elle passait ses journées au bord de la piscine, un livre à la main. Elle pensait souvent à Sandy et elle l'imaginait en train de s'amuser avec Peterson qui jouait le rôle de frère. Curieusement, elle n'éprouvait pas autant d'angoisse en pensant à sa mère.

Pourtant, un jour, à l'heure habituelle du dîner, un dimanche, les choses se gâtèrent.

— Peterson, je n'ai pas faim. Vas-y seul rejoindre ton père.

L'enfant refusait d'obéir et cognait du pied contre le mur.

— Si tu n'y vas pas, je n'irais pas non plus.

— Les gentils garçons obéissent à leur maman chérie.

— Je ne veux plus être un gentil garçon, maman!

À ce moment-là, Marie Marthe frappa à la porte, entra dans la chambre et leur rappela que M. Patrick était déjà à table et les attendait.

— Je vous ai préparé un menu spécial aujourd'hui.

— Je n'ai pas faim, Marie Marthe, répondit Florence.

Elle sortit, en compagnie de Peterson. Florence demeurait prostrée, tenaillée par le souvenir de Sandy qu'elle aurait tant voulu serrer dans ses bras. La cuisinière revint, frappa à la porte, mais ne l'ouvrit pas.

— Ouvrez, madame, je vous en prie.

— Allez-vous-en, laissez-moi tranquille!

La vieille femme, dépitée, quitta la salle et jura de ne pas revenir pour le souper. C'est Patrick qui s'en chargea, se faufilant derrière Peterson qui avait demandé à sa mère de déverrouiller la porte. Elle mangea lentement, ne laissant personne deviner sa souffrance. L'enfant prit sa mère par la main et l'emmena jusqu'au lit sur lequel ils s'étendirent. Brusquement, Peterson se leva et chercha le regard de son père.

— Papa, je crois que maman est malade.

La pâleur du visage de Florence inquiétait Patrick. Il proposa de téléphoner à son voisin qui était médecin.

— Je vais lui demander de vous ausculter sur-le-champ.

— C'est inutile, je ne suis pas malade.

Ses yeux ruisselaient de larmes. Peterson lui prit tendrement la main et Patrick, timidement, lui prit l'autre main. Elle tressaillit. Leurs regards se croisèrent et Florence tout à coup ne reconnaissait plus l'homme quel avait en face d'elle comme étant celui qui l'avait enlevée. Elle eut honte de ce qu'elle ressentait devant ce corps fascinant, un mètre quatre-vingt, de larges épaules, vêtu d'un tee-shirt qui moulait son torse musclé et d'un jean de marque recherchée. Il ressemblait à une star d'Hollywood. Son teint café au lait contrastait avec ses cheveux noirs d'une grande souplesse. Il émanait de ce corps un charme irrésistible. Il lui sourit. Elle remarqua la blancheur de ses dents magnifiques. Son trouble augmenta.

Le médecin, qui s'apprêtait à sortir lorsque le téléphone sonna, ne mit pas grand temps pour se rendre chez son voisin. Florence espérait bien profiter de cette situation pour attirer l'attention du médecin sur son enlèvement.

Dès que le docteur eut franchi la porte du domaine, il fut introduit auprès de Florence. Il pria Peterson de quitter la chambre.

— Comment vous sentez-vous madame?

— Bien, monsieur.

— Vous ne me facilitez pas la tâche, madame.

La rougeur de ses yeux lui disait qu'elle avait beaucoup pleuré.

— Écoutez, madame, je suis ici pour vous aider. Si tout allait bien, votre mari ne se serait pas donné la peine de m'appeler.

— Je vous assure que je ne suis pas malade. Patrick sait très bien de quoi je parle. Il peut vous renseigner mieux que moi sur ma situation!

— Voyons, voyons, laissez-moi vous examiner.

Il entreprit de l'ausculter. Après quoi, elle lui lança d'un ton énervé.

— Eh bien, docteur! Êtes-vous satisfait? Vous voyez bien que je me porte à merveille!

— Non, ce n'est malheureusement pas le cas. Vous n'êtes peut-être pas physiquement malade, mais vous êtes déprimée. Vous avez un peu de tension. Il y a deux raisons possibles, soit que vous ne mangiez pas assez soit que vous soyez très fatiguée.

Patrick appuya son diagnostic.

— Oui, c'est vrai, elle ne mange presque rien ces derniers temps.

— Il y a cependant une troisième possibilité à laquelle je n'avais pas pensé. Peut-être que madama attend un bébé?

Patrick exhiba son plus beau sourire. Florence vociféra :

— Ne souriez pas comme ça! Dites-lui la vérité! Si j'ai perdu l'appétit, c'est parce que vous m'avez séquestrée!

Elle se tourne vers le médecin.

— Savez-vous de quoi je souffre? D'un manque de liberté, de ma liberté.

— Mais c'est vous qui refusez de bouger, dit Patrick. Vous préférez rester au lit toute la journée.

— Lorsqu'il s'agit d'une grossesse non désirée, c'est toujours ainsi. Vous devriez, mon cher voisin, faire preuve de beaucoup de patience à l'égard de madame.

Florence fit une grimace et ne répondit pas. Le docteur énuméra alors les recommandations que la jeune femme devait suivre pour recouvrer sa santé. Florence, murmura au docteur son désir d'être seule avec lui. Il prit le prétexte d'envoyer Patrick chercher un grand verre d'eau glacée avec du sucre pour l'éloigner. À peine eut-il disparu qu'elle raconta au docteur toutes ses mésaventures. Il l'écouta avec patience, mais demeura incrédule.

— Vous avez besoin, pour vous remettre, de beaucoup plus de repos que je ne pensais, dit-il.

— Non, non, c'est faux. Je jure que je vous dis la vérité. Appelez la police!

— Vous divaguez, madame. Vous êtes victime de surmenage.

— Vous ne comprenez donc pas, docteur? Appelez ma mère, elle vous confirmera ma disparition. Voici le numéro, c'est le 22-7...

Elle n'eut pas le temps de terminer sa phrase. Patrick apparut avec un verre d'eau dans la main. Il trouva Florence agenouillée sur le lit, tenant le bras du médecin. Cette position le laissa perplexe. Il interrogea le docteur. Ce dernier fit mine de ne pas comprendre les égarements de sa malade.

— Votre femme a besoin de beaucoup de repos. Voici ma prescription pour les médicaments qu'il lui faudra prendre le plus tôt possible. Entretemps, faites-moi accompagner par quelqu'un à qui je donnerai quelques antidépresseurs.

— C'est donc grave, docteur?

— Il n'y a aucune raison de vous inquiéter. Comme je l'ai dit, votre femme souffre de surmenage. Du repos, une bonne alimentation, c'est tout ce dont elle a besoin. Une dernière chose, Patrick, c'est vous son meilleur médicament. Prenez bien soin d'elle.

— Un grand merci, docteur, je suivrai votre conseil.

Les deux hommes se serrèrent la main et se quittèrent. Patrick se rendit aussitôt à la chambre de Florence.

— Le docteur m'a tout raconté.

Ébahie, elle ouvrit tout grand ses yeux, ne pouvant croire à l'indiscrétion du docteur.

— Et pourquoi seriez-vous surprise? Vous pensiez qu'il allait vous croire? Vous vous trompez lourdement. C'est ma parole contre la vôtre. Il ne vous connaît même pas. Moi, il me connaît depuis très longtemps!

— Il croit vous connaître, murmura-t-elle.

— En effet, il me connaît. Ce domaine appartenait à mes parents. J'y venais souvent pendant les vacances jusqu'à ce que j'en fasse ma demeure après avoir fini mes études. Tout le monde sait que j'ai toujours été quelqu'un de respectable. Ils me connaissent depuis ma jeunesse.

— Ils vous connaissent comme un jeune homme, Patrick. Malheureusement, vous avez grandi. Ils ne connaissent pas l'adulte pourri jusqu'à la moelle que vous êtes devenu.

— En fin de compte, ils ne vous croiront pas. Il vaut mieux s'entendre avec moi, et qui sait, un jour, je changerai peut-être d'avis et je vous laisserai partir.

Il s'approcha du lit et lui dit d'un ton taquin :

— Pourquoi n'avez-vous rien dit au petit? Vous avez choisi d'être ma complice.

— J'ai eu pitié de lui, dit-elle en le toisant, parce que c'est un enfant adorable. Il est différent de vous. Ensuite, c'est à vous de réparer vos bêtises, pas à moi!

— Vous voyez que vous l'aimez déjà! Rappelez-vous ce dicton, tel père tel fils. Moi aussi vous allez m'aimer, j'en suis sûr!

Elle l'invectiva, remplie de rage.

— Hors de ma vue! Sale prétentieux! Sortez d'ici! Allez-vous -en !

Il se dirigea vers la porte et lui lança d'un ton ironique :

— Je reviendrai pour vous apporter vos médicaments tout à l'heure!

Quelques instants plus tard, Florence prit ses médicaments et sombra dans un profond sommeil. Elle se réveilla très tard le lendemain et se fit couler un bain. Elle commanda un café que Marie Marthe se fit un plaisir de lui apporter.

— Ah! Madame, je suis contente que vous m'ayez demandé du café. Cela va vous remettre d'aplomb.

— Merci, Marie Marthe.

— Voulez-vous que je vous apporte votre petit déjeuner?

— Oui, merci. Je le partagerai avec Peterson.

— Très bien, madame, Peterson va être content, dit-elle avec un sourire radieux.

Seule avec Peterson, Florence tenta de recueillir quelques informations sur Patrick et sur le domaine.

— Peterson, quand tu seras grand, qu'est-ce que tu aimerais faire? Aimerais-tu être comme ton papa?

— J'aimerais être médecin. Je ne veux pas faire comme papa.

— C'est très bien de vouloir être médecin, mais pourquoi ne veux-tu pas être comme ton papa? Les petits garçons aiment toujours faire le même métier que leur papa.

— Je ne veux pas être vendeur comme lui. Il est toujours absent de la maison, sauf cet été.

— Tu es content qu'il soit ton papa?

— Je suis surtout content de t'avoir à la maison, parce que papa, lui, n'est jamais là, il est toujours occupé par ses affaires. C'est grâce à toi qu'il est toujours à la maison, ces derniers temps.

Elle aurait bien voulu lui donner les vraies raisons de sa présence ici. Mais elle préféra s'y prendre différemment.

— Peut-être que c'est parce qu'il veut passer plus de temps avec toi.

Elle changea brusquement de sujet.

— Dis-moi, tu n'as pas d'amis?

— J'ai des amis à l'école.

— Tu ne leur parles jamais au téléphone, puisque je n'en vois pas.

— Rarement. Il y a seulement deux téléphones à la maison et papa a son portable. Il y avait des téléphones un peu partout dans la maison. Il y en avait même un dans ma chambre et un dans ta chambre, maman. Papa les a tous débranchés.

— Si je voulais passer un coup de fil, qu'est-ce que je devrais faire?

— Tu n'as qu'à aller au salon ou dans la chambre de papa.

Florence réfléchissait. Elle ne se tenait pas pour battue. Elle se promit de se sortir de cette horrible situation. Ce n'était pas en se laissant dépérir qu'elle arrivera à ses fins. Elle décida alors de cacher son jeu et de jouer le rôle de femme comblée. Elle fit contre mauvaise fortune bon cœur. Elle accepta tout ce qu'on lui offrait, vêtements, nourriture, soins médicaux, etc.

Les antidépresseurs eurent un effet stimulant sur son comportement. Les jours et les mois passèrent. Le souvenir de sa mère et de sa fille la tenaillait. On la croyait sûrement morte, disparue sans laisser de traces, comme tant d'autres... Elle était meurtrie et déchirée, mais n'en laissa rien paraître. Elle reporta sur Peterson toute la tendresse et l'affection qu'elle aurait vouées à sa fille. Elle en fit un petit garçon très heureux. Quant à son père, elle ne le voyait que rarement. Il l'évitait.

Elle n'arrêtait pas de penser à sa fille. Cela faisait trop longtemps qu'elle en était séparée.

Elle prépara un plan d'action. Elle alla trouver Peterson qui jouait dans le petit jardin à l'arrière de la maison.

— Peterson, tu te souviens de notre conversation à propos du téléphone?

— Oui, maman. Tu veux téléphoner maintenant?

— Oui. J'ai besoin de parler avec quelqu'un et c'est très important.

— Le grand salon est fermé, tu n'as qu'à aller dans la chambre de papa.

— Tu sais très bien qu'il n'acceptera pas.

Devant l'air exaspéré de Florence, il s'empressa de lui dire.

— Je t'accompagne.

— Non, il ne voudra jamais.

— Tu veux téléphoner oui ou non?

— Oui, mais papa ne sera pas d'accord.

— Je vais lui demander, dit Patrick, sachant très bien que son père ne lui refusait rien.

La chambre de Patrick était située sur l'aile gauche de la maison. Quelques minutes plus tard, Peterson revint tout heureux.

— Papa est d'accord pour que tu téléphones de sa chambre. Viens, on y va!

Stupéfaite, elle resta immobile. Il la tira par le bras et l'entraîna jusqu'à la chambre de son père. Ils trouvèrent Patrick assis sur un divan près de la fenêtre en train d'utiliser son ordinateur portable. Florence avança d'un pas mal assuré. Elle jeta un regard circulaire sur la chambre : un lit en baldaquin qui ressemblait au sien, des rideaux dont la couleur contrastait avec la couleur des murs, un mini bar, de magnifiques lampes de chevet, une grande baie vitrée donnant l'impression d'être à l'extérieur, bref, une chambre superbement décorée, bien aérée et très intime. Patrick l'arracha à sa contemplation.

— Bonjour, Florence. Comment allez-vous?

— Je vais bien, se contenta-t-elle de répondre sans le regarder.

— Vous voulez appeler qui et où?

Elle le toisa du regard.

— On ne s'évade pas par téléphone, que je sache!

Il eut un petit rire sournois, mais garda le silence.

— Acceptez-vous que je téléphone, oui ou non?

— Je vous en prie! Lui répondit-il en lui désignant l'appareil placé sur une petite table.

Elle composa le numéro chez elle et sa mère lui répondit :

— Allo! Allo!

— Oui, maman, c'est moi!

— Qui est à l'appareil?

— C'est moi, Florie, ta fille!

— Mais c'est une plaisanterie!

— Non, maman, tu ne reconnais pas ma voix? Maman, maman, tu m'as oubliée! Dit-elle en sanglotant.

À l'autre bout du fil, sa mère pleurait. Elle était tout émue et sa voix tremblait.

— Mais où es-tu? Pourquoi ce silence? Pourquoi m'as-tu fait ça, ma chérie? Qu'est-ce qui t'est arrivée? Tu as...

— Pourquoi ma petite Sandy pleure-t-elle?

Leur conversation était chargée de trop d'émotions de part et d'autre et elles n'arrivaient pas à se comprendre.

— Cela fait des mois que je te recherche! Où es-tu ma Florie? Réponds-moi ma chérie!

— J'ai été enlevée. Je suis à Kensc...

Patrick lui arracha brutalement le combiné de la main.

— Sale brute! s'exclama-t-elle.

— Excusez-moi, madame, ma femme vous a pris pour sa mère qui est morte il y a longtemps. Elle a perdu la tête.

— Mais...

— Désolé, madame, au revoir.

Patrick raccrocha le téléphone et s'approcha de Florence d'un air menaçant.

— Écoutez-moi bien! Ne me refaites plus jamais ce petit jeu!

Peterson s'approcha de Florence et lui entoura la taille de ses bras. Elle pleurait en murmurant.

— Je l'ai entendue pleurer au téléphone. Qu'est-ce qu'elle a?

— Qui pleurait, maman? La personne avec qui tu parlais?

— Tu ne peux pas comprendre, mon petit, tu ne peux pas comprendre. Comme j'aimerais être près d'elle!

— Tu parles de qui, maman?

Elle ne répondit pas. Patrick décida d'intervenir.

— Peterson, laisse ta maman tranquille, sors!

— Non, je reste avec...

Patrick répliqua sévèrement :

— Sors immédiatement!

Peterson connaissait bien son père et comprenait qu'il n'était pas d'humeur à plaisanter. Il s'éclipsa...

Le cœur de Florence battait à tout rompre. Elle s'écria.

— Peterson! Je vais avec toi.

— Pas question, vous restez là et nous allons régler nos comptes. Asseyez-vous! Florie. Hum! C'est un joli sobriquet.

Elle ne répondit pas. Il arpentait la pièce de long en large pour apaiser sa colère.

— Vous ne manquez pas de culot! Vous appelez votre mère de ma chambre pour lui dire que vous avez été enlevée et que vous vous trouvez à Kenscoff! Et vous pensez que j'allais vous laisser faire? Je vous croyais plus intelligente, ma chère!

— Si vous ne me tuez pas, un de ces jours je m'évaderais. Et ça, vous pouvez en être certain. J'en fais le serment!

— Très impressionnant! C'est bon de rêver, ça fait du bien. Mais vous pouvez compter sur moi pour que votre rêve ne se réalise jamais.

— Pourquoi ne me tuez-vous donc pas? lui cria-t-elle. Tuer n'est rien pour vous. Vous y êtes habitué. Non, non, ne me dites pas, je sais pourquoi. Vous voulez que je serve de mère à votre enfant parce qu'aucune femme au monde ne voudrait vivre avec vous, parce que vous êtes une ignoble crapule. Vous êtes incapable de vous faire aimer. Vous… vous êtes répugnant!

— Vous ne connaissez rien de moi, vous feriez mieux de vous taire. Pour votre gouverne, sachez que je n'ai jamais tué personne.

Prise de court, elle ne savait plus que dire.

— Vous chargez les autres de tuer à votre place, vous êtes un lâche, un assassin sans scrupules. Vous tenez en otage quelqu'un qui n'a pas un sou à vous donner. C'est un crime gratuit.

— Il y a bien mieux que l'argent. Mon fils est heureux et cela me rend heureux. Son bonheur est pour moi bien plus important que l'argent.

— Vous faites du bonheur de votre fils le malheur de ma fille. Vous êtes égoïste en plus de tous vos autres défauts! L'argent n'a plus d'importance pour vous parce que vous en avez trop volé.

— Je ne suis pas un voleur. Je déteste les voleurs.

— Vraiment! Vous m'impressionnez! Vous n'êtes ni un voleur ni un tueur. J'en conclu que vous êtes un saint. Dans ce cas, allez vous réfugier dans une église pour que le monde s'agenouille devant vous, Saint Patrick!

— Cessez vos plaisanteries! Je ne prétends pas être un saint, mais je ne suis pas un démon.

— J'en doute fort. Tout ce luxe qui vous entoure, quel genre de travail vous permet de le gagner? Hein, pouvez-vous me le dire?

— Oui, dit-il dans un souffle. Voilà, je fais passer de la drogue et tout le monde est dans le coup : les colombiens, les dominicains et plusieurs personnalités haut placées.

— Vous auriez pu trouver autre chose pour gagner votre vie,

dit-elle d'une voix dépourvue de colère. J'ai entendu dire que vous avez fait des études de droit, comme votre beau-frère. Pourquoi ne vous en servez-vous pas?

— Pas mal, concéda-t-il. Je vois que vous avez mené votre petite enquête sur moi. Je vous répète, je n'ai jamais tué personne. Mais entre la proie et le loup, je préfère être le grand méchant loup. C'est la loi de la jungle, ma chère, le plus fort gagne!

— Vous êtes pire que je ne pensais.

— Ceux qui me poursuivent ne valent pas plus que moi et je sais de quoi je parle. Ils sont tous aussi pourris que moi.

— Pas tous, heureusement. Les honnêtes gens se feront un plaisir de vous arrêter, un plaisir que je partagerai pleinement. Maintenant, laissez-moi sortir, j'en ai assez!

Il lui ouvrit la porte et la laissa passer. D'une voix ironique, il lui dit :

— Puis-je espérer une autre visite?

Elle le foudroya du regard.

— N'y comptez pas!

Elle rejoignit Peterson au bout du couloir. Ils passèrent ensemble le reste de la journée sans se quitter. Le bonheur de l'enfant se résumait en un seul nom, Florence.

Depuis l'appel de sa fille, madame Victor contacta de nouveau la police. Le récit de la vieille dame coïncidait avec les affrontements survenus entre la police et un groupe de malfaiteurs sur la route de l'aéroport, à la date mentionnée le jour de la disparition de la jeune femme. Les autorités promirent d'élargir leur enquête.

Maintenant qu'elle savait que sa fille était vivante, madame Victor nourrissait l'espoir de la retrouver et priait le ciel de la garder saine et sauve.

Florence continuait à s'occuper de Peterson comme s'il était son propre fils. Patrick sollicita son aide pour les préparatifs de la rentrée des classes qui approchait. Elle fut heureuse de l'aider à préparer la liste des fournitures scolaires dont Peterson avait besoin. Lorsque l'enfant entra dans la chambre, il trouva papa et maman assis côte à côte. Le spectacle de ses parents unis le remplit de bonheur et il leur adressa son plus beau sourire. Les deux adultes se sentirent gênés et essayèrent maladroitement de lui fournir une explication. Le résultat les fit tous pouffer de rire.

Patrick s'apprêtait à partir quand Peterson lui lança nonchalamment.

— Papa, tu sais, maman ne va pas nous accompagner pour assister au programme de samedi.

Peterson n'eut pas d'autre choix que d'inviter Florence…

— C'est la fin des vacances et j'emmène le petit au parc Bojeux à dix heures. Si vous n'y voyez pas d'inconvénient, vous pouvez vous joindre à nous.

Le silence de la jeune femme ressemblait à un refus. Peterson la supplia de les accompagner, ce qu'elle promit de faire.

Patrick prit congé pour vaquer à ses occupations. Florence ne put s'empêcher d'admirer cet homme pour l'amour qu'il portait à son fils. Il l'aimait tellement qu'il avait volé une mère pour lui. Elle pensa à sa propre fille. L'espoir qu'elle gardait de la revoir un jour s'effondrait et renaissait au fil des jours.

— Mon Dieu! Se peut-il que je ne puisse jamais plus sortir de cette maison?

Cette escapade de samedi lui permettra peut-être de rencontrer des gens qui pourront l'aider à s'évader. Vendredi, la veille de cette « sortie en famille », Patrick vint la voir pour lui faire les dernières recommandations. Elle en profita pour lui montrer en même temps les fournitures scolaires qu'elle avait achetées pour Peterson.

— Je vois que vous n'avez rien négligé. Je vous rappelle de bien vous tenir au cours de notre sortie. Je punis sévèrement les gens qui me font du tort. Surtout en public!

— Dans ce cas, laissez-moi à la maison! Je n'ai plus envie d'y aller. Vous me fatiguez avec vos menaces.

— À cause de Peterson, il est hors de question que vous restiez à la maison. Tenez-vous tranquille et tout se passera bien. Je vous signale que vous êtes surveillée où que vous soyez, même si vous ne vous en apercevez pas. Tenez, ceci est pour vous, lui di-il en lui un coffret rempli de vêtements.

— Emportez toutes vos affaires et disparaissez. J'en ai assez!

— Vous me mettez à la porte! C'est ainsi que vous traitez vos visiteurs?

— Vous n'êtes pas un visiteur, vous êtes ici chez vous. Emportez vos habits de merde!

— J'ai horreur de sortir avec des femmes de basse classe.

— Je ne sors pas avec vous, j'accompagne Peterson.

— Dans ce cas, je me ferai un plaisir de vous servir de chauffeur.

— Ne vous en faites pas, c'est le seul rôle que vous aurez!

Il la quitta avec un sourire narquois aux lèvres.

Lorsqu'elle ouvrit le paquet, elle dut reconnaître que cet homme avait du goût pour les belles choses.

Florence se demanda ce qu'elle ferait si on l'arrêtait pour complicité. La police croira-t-elle à sa version des faits? Elle ne pouvait pas se décider. Devait-elle sortir ou rester à la maison?

Elle opta pour sortir. Elle choisit de porter un pantalon blanc et un corsage finement brodé qui rehaussaient grandement son élégance. Elle laissa tomber ses cheveux sur les épaules et se maquilla très légèrement, mettant une ombre de rouge à lèvres couleur terre dorée qui lui allait très bien.

S'approchant de la voiture, elle surprit Patrick en train de la dévisager d'un air incrédule.

— Qu'avez-vous? Je ne suis pas une extra terrestre, que je sache!

— Non, mais vous êtes divinement belle! lui lança-t-il avec impertinence. Je ne l'avais pas remarqué.

— Gardez vos compliments pour vous, je n'en ai que faire.

— Non, non, c'était une simple constatation.

Peterson les rejoignit près de la voiture. Il était stupéfait par la beauté de Florence.

— Tu es si belle, maman! Papa, tu as vu comme maman est chic?

Patrick répondit d'un ton taquin.

— Je parie qu'elle sera la plus belle de toutes tout à l'heure.

— C'est vrai, papa. J'ai la plus jolie maman de la terre!

— Toi aussi, tu es très beau! lui dit Florence. On y va?

Florence aurait tant aimé complimenter Patrick, car il était très séduisant dans sa tenue. Elle se préparait à se mettre à l'arrière avec Peterson, mais Patrick s'y opposa et la retint par le bras.

— Non, chère madame, vous allez vous mettre devant. En d'autres circonstances, j'aurais bien aimé être le chauffeur d'une si jolie femme, mais pas aujourd'hui.

Elle retira son bras violemment et s'assit à l'avant. À son grand soulagement, personne ne souffla mot pendant le trajet. Lorsqu'ils arrivèrent au parc, Peterson laissa éclater sa joie.

— Youpi! On est arrivé!

Ce fut Peterson qui ouvrit la portière de Florence pour lui permettre de descendre.

— Merci, mon enfant. Tu es un vrai gentleman.

— Maman, tu vas voir, on va bien s'amuser! Il y a plein de jeux et aussi des magiciens. On va se régaler!

— Je n'en doute pas une seconde, lui répondit Florence.

Se sentant délaissé, Patrick leur lança.

— He! Ho! J'existe moi aussi! Je ne fais pas partie de la famille?

Peterson s'empressa de le rassurer en lui prenant la main.

— Bien sûr, papa! Allons-y! Nous allons tous monter sur le manège.

Mais Florence désirait rester seule.

— Non, non, vous y allez tous les deux. Ça me donne le vertige. Je préfère vous regarder d'en bas.

Patrick prit le parti de son fils pour que Florence monte sur le manège avec eux.

— Ne me dites pas qu'une grande dame comme vous a peur d'un petit manège!

— Je n'ai pas peur, mais...
— Mais ça m'effraie, termina Patrick à sa place.
— Arrêtez, vous m'agacez!
— Alors, vous acceptez?
— S'il te plaît, maman, supplia Peterson.
— D'accord, mais pas tout de suite, nous venons juste d'arriver.

Ils déambulèrent ensemble en dégustant une crème glacée. Ils participèrent aux activités qui étaient offertes. Peterson les laissa assis sur la pelouse pour aller jouer avec d'autres enfants. Florence avait l'air soucieux et Patrick se rapprocha un peu plus d'elle. Il voulait donner l'apparence d'un couple parfait. Leurs corps se touchaient presque.

La proximité physique de Patrick enivrait Florence. Elle avait honte de ce qu'elle éprouvait. Elle sentait même son souffle sur son cou et sur son visage. Ses mains tremblaient légèrement. Elle redoubla d'efforts pour feindre l'indifférence. Elle fit mine de regarder Peterson jouer.

Patrick, de son côté, n'était plus aussi sûr de lui-même. Il se reprochait sa faiblesse devant Florence. Il essaya, dans son for intérieur, de se redonner du courage.

— Voyons donc, Patrick, tu ne vas pas te laisser embobiner par cette femme! Réveille-toi, merde, fais quelque chose! C'est une sorcière, elle use de son charme pour te faire perdre la raison!

Il était pris dans ses pensées et ne réalisait pas que Florence lui parlait.

— Patrick, vous m'écoutez? Peterson semble vraiment heureux.
— Heu... ouais. Je n'arrive pas à croire comme il a grandi!
— Il tient ça de vous
— Vous pensez?
— Même un aveugle pourrait s'en rendre compte! dit-elle d'un ton rageur.
— Ne soyez pas fâchée, ma chère, profitez du moment, détendez-vous.

— Me détendre? Je vais vous poser une question et répondez-moi avec franchise.

— Allez-y, je vous écoute.

— Si vous étiez à ma place, ne seriez-vous pas fâché?

— Je pense que non. Je ne vous veux aucun mal.

— Vous me l'avez déjà dit cent fois. Vous me privez de ma fille adorée et vous avez l'audace de me dire que vous ne me voulez aucun mal? Je n'arrive pas à y croire! s'exclama-t-elle d'un air désespéré.

— Je vous jure que je ne suis pas un assassin. J'ai fait des tas de bêtises dans ma vie, mais je n'ai jamais tué personne. Je ne pense pas commencer par une si jolie femme.

Elle se garda de relever le compliment. Un lourd silence s'ensuivit. Ni l'un ni l'autre ne fit le moindre effort pour le rompre.

Une jeune femme plus foncée de teint que Florence et portant un jean qui la moulait bien s'avança dans leur direction. Elle était d'une beauté extravagante. Elle se planta devant Patrick, arborant un sourire à la fois charmeur et provoquant, ignorant totalement Florence.

— Comment vas-tu mon lapin? Ça fait un bail qu'on ne s'est pas vu! On dirait que tu n'es pas content de me voir. Tu ne m'embrasses pas?

Il déposa un baiser sur chacune de ses joues.

— Quelle froideur! Je ne te reconnais plus! Qu'est-ce qui est arrivé à mon Patrick?

Elle se colla à lui et lui passa un bras autour de la taille. Il ne répondit pas à son geste, mais elle persista à se montrer familière avec lui.

— Et Peterson, comment va-t-il? Je suppose qu'il est avec toi?

— Il est là-bas, dit Patrick en désignant Peterson du doigt.

— C'est lui là-bas? Comme il a grandi! Il te ressemble de plus en plus.

Florence sentait sa gorge se serrer. Elle était visiblement mal à l'aise. Cette femme qui accaparait Patrick lui déplaisait royalement. Elle fit mine de concentrer toute son attention sur Peterson.

La jeune femme continua sur un ton désinvolte.

— Tu n'as trouvé personne pour accompagner Peterson?

— J'ai tenu à le faire moi-même, dit Patrick qui saisit parfaitement bien l'allusion.

— Oh! que c'est touchant!

— Et toi, lui demanda Patrick, quel bon vent t'amène ici lorsqu'on sait que les enfants ne sont pas ton point fort?

— Je joue à la bonne tante. Ma sœur et son mari sont en vacances aux États-Unis.

Soudainement, elle fit mine de s'apercevoir de la présence de Florence.

— Dis donc, qui est cette jeune femme qui t'accompagne, vas-tu faire les présentations?

Patrick n'avait pas d'autre choix que de s'exécuter. Il s'écarta d'elle et posa une main sur l'épaule de Florence.

— Je te présente Florence, une amie. Florence, voici Varda.

— Ravie de vous rencontrer, Varda.

— On raconte que vous êtes plus qu'une amie pour Patrick, Florence.

Celle-ci ne répondit pas. Patrick cru bon d'intervenir et de séparer les deux femmes. Il s'adressa à Florence :

— Je vais aller faire quelques pas avec Varda. Si tu veux, je vais chercher Peterson pour qu'il te tienne compagnie.

— Ne vous gênez surtout pas pour moi. Laissez Peterson s'amuser.

— Je ne resterai pas longtemps. Je vais vite me sauver, ajouta-t-il tout bas.

— Ne vous inquiétez pas, prenez tout votre temps.

Patrick et Varda se fondirent dans la foule.

Florence en profita pour se promener, empruntant le chemin inverse pour ne pas les croiser. Elle fut soudain bousculée par deux petites filles qui couraient comme des folles. Une femme bien ronde, dans la trentaine, les rattrapa et les obligea à revenir sur leurs pas.

— Je veux que vous vous excusiez auprès de madame!

Elles s'exécutèrent sans broncher.

— Je vous prie de leur pardonner. Elles sont si turbulentes. Je m'appelle Yolande Thermitus.

— Ne vous en faites pas, Madame Thermitus, j'ai l'habitude avec les enfants de cet âge.

— Appelez-moi Yolande, je vous prie.

Elles allèrent s'asseoir sur un banc et bavardèrent de tout et de rien.

Il s'avéra que cette femme était secrétaire générale d'une organisation de défense des droits de la femme. Florence lui expliqua la situation dans laquelle elle se trouvait. Yolande promit de l'aider et lui tendit sa carte de visite.

Les deux femmes n'eurent pas le temps de réagir que déjà Patrick fondait sur elles et arracha des mains de Florence la carte de visite de Yolande. Il saisit brutalement le bras de Florence qu'il entraîna vers la voiture. Il était rouge de colère.

— Je savais que je ne pouvais pas vous laisser seule, ne fut-ce qu'un instant! Vous vous croyez maligne? Vous ne faites que vous attirer des ennuis. Allons-nous -en! Peterson, viens, on s'en va!

— Non, papa, je t'en prie. La fête ne fait que commencer. Restons encore un peu, je t'en prie.

— Rien à faire, allez, viens ici tout de suite!

— Maman! Maman!

Il leva les yeux vers la jeune femme et vit que Patrick lui serrait si fort le bras qu'elle avait mal. Il s'adressa à son père :

— Mais tu vas lui casser le bras! Tu ne vois pas qu'elle a mal?

Comme réponse, Patrick saisit violemment le bras de Peterson de son autre main. Celui-ci hurla de douleur.

— Arrête de pleurnicher. On s'en va!

Ils se mirent en route sous le regard curieux de la foule. Varda s'avança vers eux.

— Vous partez déjà?

— Oui, on rentre. Si ça ne te dérange pas, bien sûr...

— Mais ma parole, on dirait une scène de jalousie! dit-elle en constatant les larmes qui inondaient les joues de Florence.

Il ouvrit les portières de l'auto. Peterson monta à l'arrière. Florence devant. Varda se rapprocha de Patrick et l'empêcha de prendre sa place au volant.

— Patrick, je suis désolé d'avoir semé la zizanie. Si je peux faire quelque chose pour y remédier, dis-le-moi.

— Éloigne-toi! je n'ai que faire de tes explications ennuyeuses.

Il monta dans l'auto et referma violemment la portière.

— Sale brute! cria Varda à son intention.

Patrick démarra la voiture en trombe sans même jeter un regard sur Varda.

Le voyage vers Kenscoff se déroula dans un silence de mort. Aucun d'eux n'ouvrit la bouche. Florence croyait que sa tête allait éclater. Elle se sentait humiliée et découragée. Prise de migraine, elle colla sa tempe contre la vitre et donna libre cours à ses larmes.

Peterson ne pouvait supporter le chagrin de la jeune femme. Il s'accouda au siège, lui caressa les cheveux et lui chuchota à l'oreille d'une voix remplie de larmes.

— Moi je t'aime, maman. Il n'y a que toi que j'aime.

Entre-temps, Yolande décida de questionner la jeune femme qui semblait si bien connaître le ravisseur de Florence. Elle imagina un stratagème avec l'aide de ses deux filles. Elles se placèrent carrément devant Varda et lui barrèrent le chemin *sans le faire exprès.* En bonne mère qui veut éduquer ses enfants, Yolande fit des reproches à ses filles et leur demanda de s'excuser auprès de Varda.

— Chère madame, veuillez excuser la mauvaise conduite de mes filles. Décidément, ces jeunes ont encore beaucoup à apprendre. Ce n'est pas aujourd'hui votre jour de chance. D'abord, c'est ce monsieur qui se conduit avec vous de façon répréhensible et maintenant c'est au tour de mes filles de vous importuner.

— Ah! Vous avez vu? c'est un malade, celui-là. Ne vous en faites pas, il ne mérite pas la moindre importance!

— Je pensais que c'était sa femme qui vous faisait une scène de jalousie.

— Je ne sais pas si on peut parler de jalousie. En tout cas, elle n'a pas ouvert la bouche. Elle pleurait sans arrêt.

— Vous dites qu'elle pleurait? Je n'y comprends plus rien.

— Si vous connaissiez le type, vous comprendrez mieux. C'est un salaud! Il n'a jamais su comment s'y prendre avec les femmes.

— On dirait presque qu'il les traînait de force, dit Yolande.

— Il paraît qu'il voulait rentrer et que le petit s'y opposait. Nous avons pris une bière et nous avons bavardé un peu. C'est un ami dont je suis resté sans nouvelles depuis plusieurs mois. Peut-être que la femme lui a fait une scène de jalousie et qu'il s'est fâché. Je ne sais pas, allez comprendre les hommes…

— J'ai horreur de voir un homme maltraiter sa femme.

— Ce n'est pas sa femme. C'est un dur à cuire. Il ne se laissera pas entraîner jusqu'au mariage, c'est sûr!

— Vous les connaissez depuis longtemps?

— Je ne connais que lui. La femme, je viens de faire sa connaissance. Elle dit s'appeler Florence.

— Ah! À propos, je n'arrête pas de parler et je ne me suis pas présentée. Yolande Thermitus.

— Enchantée, Varda Fernandez.

— Appelez-moi Yolande. Ravie de faire votre connaissance, Varda.

Elles continuèrent de bavarder pendant un long moment. Elles partagèrent leurs idées sur les hommes, les enfants et la vie en général. Elles échangèrent leurs coordonnées et se quittèrent.

La voiture s'immobilisa dans la cour. Peterson se plaça aussitôt aux côtés de Florence. Il lui passa un bras autour de la taille et se serra contre son corps. Elle posa son bras sur son épaule.

— Je n'arrive pas à croire à quel point tu es différent de ton père, même si tu lui ressembles comme deux gouttes d'eau.

Ils se séparèrent devant la chambre de Florence. Patrick l'attendait de pied ferme devant la porte. Il pria Peterson de les laisser, prétextant qu'il voulait parler en tête à tête avec sa mère. Lorsqu'ils furent seuls, Patrick brandit la carte de visite et l'agita devant le visage de Florence.

— Qu'aviez-vous l'intention de faire de cette carte?

Comme elle ne répondait pas, il poursuivit.

— Je pourrais ne faire qu'une bouchée de vous deux, savez-vous? Et sans aucun remords, en plus.

— Vous savez très bien ce que je pense de vous. Vous faites semblant de ne rien comprendre.

— Et c'est tout ce que vous trouvez comme explication pour justifier votre comportement?

— Je n'ai aucune explication à vous donner sur quoi que ce soit! Vous me retenez illégalement chez vous, loin de ma fille, loin de ma mère, loin de tout ce que j'aime et c'est moi qui vous dois des explications? Sachez-le une fois pour toutes, je vous combattrai chaque fois que j'en aurai l'occasion. D'une façon ou d'une autre, je serai libre un jour.

— Et moi je vous promets que vous resterez prisonnière pendant très longtemps. C'est elle qui vous a monté la tête? Eh bien, voilà ce que j'en fait de votre Yolande! dit-il en déchirant la carte en mille morceaux. Je vais rendre une petite visite à son club de lesbiennes.

— Vous les hommes avez toujours peur quand les femmes se serrent les coudes. Vous ne serez pas toujours vainqueur! Un de ces jours, une femme vous tordra le cou.

— Vous ne sortirez jamais d'ici! Je ne vous laisserai jamais partir, rétorqua Patrick.

Il sortit en claquant la porte.

Depuis cet affrontement, Patrick et Florence firent tout ce qu'ils purent pour s'éviter. Un dimanche soir, alors que Florence allait se coucher, elle entendit frapper. Elle enfila une chemise de nuit et ouvrit la porte. C'était Patrick qui voulait lui parler de Peterson.

— Vous devriez aller voir le petit. Il pleure sans arrêt.

— Vous êtes son père. C'est à vous de le consoler. Vous le connaissez mieux que moi!

— Il ne veut pas me voir. Il me déteste. Avez-vous entendu comment il m'a répondu hier?

— Je n'ai rien entendu de tel, rétorqua froidement Florence.

— Ah! Vous croyez que je ne comprends rien? Que pensez-vous d'un enfant qui déclare à quelqu'un d'autre, il n'y a que toi que j'aime? J'ai très bien compris. Il m'a brisé le cœur.

— En quoi cela me concerne-t-il? Je n'ai pas demandé à devenir subitement sa maman.

— Vous devriez lui parler. Il veut que vous soyez avec lui pour son premier jour d'école.

Elle se laissa tomber sur le lit en se serrant les tempes de ses mains.

— Oh! mon Dieu, faites quelque chose pour moi. Je sens que je vais devenir folle! Seigneur, aidez-moi!

Honteux, Patrick détourna son regard.

— Vous voyez où vous mène votre monstrueux mensonge! Lorsque le petit apprendra la vérité, il vous haïra encore plus.

— Alors, votre réponse est oui? demanda-t-il d'un ton suppliant.

— D'accord. J'irai le voir tout à l'heure.

— Et si on y allait ensemble? Je ne pourrai pas dormir en le pensant si triste. Je l'aime bien trop!

Elle ne pouvait nier son admiration devant l'amour que cet homme vouait à son fils. Elle se décida.

— Allons-y, mais je n'ai pas l'intention de rester longtemps. J'ai vraiment mal à la tête.

— Merci, Florence! dit-il dans un souffle. Merci, vous êtes un ange. Il voulut prendre sa main pour la porter à sa bouche, mais au regard qu'elle lui lança, il préféra y renoncer.

Le lendemain, Florence accompagna Peterson à l'école, ce qui rendit au petit toute sa gaieté et sa joie de vivre.

Sur le chemin du retour, Patrick ne savait comment exprimer sa gratitude.à Florence.

— Vous vous êtes surpassée aujourd'hui. Vous nous avez comblés, mon fils et moi. Les mots me manquent pour vous remercier.

Elle restait silencieuse, fuyant son regard.

— Vous ne pouvez pas savoir comme je suis heureux. Vous l'avez vu? Il ne voulait plus vous quitter. J'ai cru qu'il allait vous arracher le cou, dit-il en souriant.

Elle ne répondait toujours pas.

— Nous avons passé une merveilleuse matinée, grâce à vous. Je ne veux pas vous voir avec ce visage défait. Essayez de partager notre bonheur puisque vous en êtes l'auteur.

Florence restait plus froide que jamais. Sa gorge était nouée et elle était incapable de parler.

— Florence, je vous en prie, dit-il doucement. Dites-moi ce que je peux faire pour vous. À part, bien sûr, de vous laisser partir. Demandez-moi ce que vous voulez.

N'observant aucune réaction de sa part, Patrick tenta de nouveau de la convaincre.

— Je n'aime pas que vous me fassiez la tête, dites-moi quelque chose.

Il la prit par les épaules et l'obligea à lui faire face.

— Oh non! Vous pleurez. Ne me faites pas ça, je vous prie. Vous refusez de partager ma joie, d'accord, mais ne pleurez pas. Dites-moi quelque chose.

Elle bredouilla en étouffant un sanglot.

— Laissez-moi tranquille et surtout ne me touchez pas si vous voulez vraiment me rendre service.

— D'accord, si cela peut vous consoler.

Ils n'échangèrent plus une parole tout le reste du trajet. Arrivés à destination, ils se dirigèrent chacun de son côté.

Les jours passèrent calmement, sans heurts. Patrick recevait par l'intermédiaire de son fils des nouvelles de Florence. Celle-ci ne ménageait aucun effort pour améliorer le rendement scolaire et l'épanouissement de Peterson. Patrick évitait Florence autant que possible, car il ne supportait pas de voir son visage dévoré par le chagrin.

Pour apaiser sa conscience, il veilla scrupuleusement à son bien-être matériel, se servant de Peterson de temps à autre pour lui offrir des petits cadeaux. Mais le souvenir de sa mère et de sa petite fille ne cessait de ronger Florence. Elle perdit tout appétit et maigrit, mais en gardant toute sa beauté et sa fraîcheur. Tout espoir de retourner dans son foyer s'était envolé.

Un jour, en mai, Peterson lui apporta une carte de vœux qu'il avait préparée en classe à l'occasion de la Fête des mères. Ce geste l'émut beaucoup. Elle se sentait vraiment très proche de cet enfant.

Cet événement lui rappela soudainement que dans deux mois une année complète se sera écoulée depuis qu'on l'avait arrachée à sa famille. Elle se rappela sa petite Sandy qui devait avoir bien grandit depuis lors. Elle aurait tant voulu la voir grandir et la serrer dans ses bras. Ces pensées l'attristèrent et elle ne pu réprimer ses larmes.

Un dimanche, Peterson, accompagné de son père, voulu rendre visite à sa mère. Ils la trouvèrent dans un état lamentable, sanglotant à chaudes larmes, recroquevillée dans un coin du lit.

— Maman, qu'est-ce que tu as? demanda Peterson, tu... tu es malade?

— Laisse-moi Peterson, sors, lui dit-elle entre deux sanglots.

— Ne parle pas comme ça, maman, lui reprocha-t-il gentiment, je ne peux pas te laisser dans un tel état. Ne pleure plus, maman.

— Va-t'en Peterson! Laisse-moi tranquille.

Sa voix était si forte que l'enfant resta tout confus. Patrick, jusqu'alors silencieux, décida d'intervenir. Il s'assit sur le bord du lit et caressa le visage de Florence. Furieuse, elle hurla à son intention :

— Ne me touchez pas! Je ne veux voir aucun de vous. Laissez-moi tranquille!

Patrick ignora ses protestations et la prit dans ses bras. Elle voulut se dégager de son étreinte, mais il la tenait fermement.

— Mais voyons, calmez-vous!

Elle se mit à marteler son torse de coups de poing, mais il ne lâcha pas prise.

— C'est bien, défoulez-vous ma grande, frappez autant et aussi fort que vous voulez, si cela peut vous soulager.

— Lâchez-moi, hurla-t-elle, hypocrite!

— Je ne vous laisserai jamais seule dans cet état.

— Qu'est-ce que cela peut vous faire? Lâchez-moi, je vous dis.

Elle planta ses dents dans l'épaule de Patrick. Celui-ci émit un cri de douleur, mais la serra encore plus fort. Réalisant qu'il était inutile de résister, elle abandonna la lutte, laissa tomber sa tête sur son torse et donna libre cours à son chagrin. Patrick lui caressait tendrement les cheveux.

— C'est ça, ma belle, laissez-vous aller. Je ne vous veux aucun mal. Je vous suis très reconnaissant. Vous avez tant fait pour Peterson.

Peterson se rapprocha tout près de Florence pour la réconforter. Il lui passa ses petits bras autour du cou.

— Je t'aime, maman, et papa t'aime aussi. Dis-lui, papa, dis-lui!

Pour ne pas aggraver la situation, Patrick s'esquiva adroitement.

— Je n'ai aucune animosité envers toi, Florence. Je ne te veux aucun mal.

Florence se calma enfin, sans pour autant se libérer de l'étreinte de Patrick. Celui-ci en profita pour lui murmurer à l'oreille.

— J'aimerais que Peterson aille se coucher sachant que tu es complètement rétablie. Fais un effort, je t'en prie.

Elle consentit à sa demande, toujours dans l'intérêt de l'enfant.

— Peterson, viens là, mon grand!

Patrick relâcha un peu son étreinte pour que Peterson puisse se blottir contre la poitrine de son père.

— Tu sais que tu dois te lever tôt pour aller à l'école? Je veux que tu ailles te coucher. Je me sens mieux maintenant.

— Mais, maman...

— Il n'y a pas de mais, Peterson!

— Je ne veux pas que tu restes seule, dit Peterson, en cherchant une excuse pour ne pas partir.

— Ne t'inquiète pas pour moi, je t'en prie.

— Peterson sauta des bras de son père. Florence, consciente tout à coup qu'elle se tenait dans les bras de Patrick depuis trop longtemps, se dégagea, toute gênée.

— Je ne m'en irais que si papa accepte de rester avec toi.

— Tu ne peux pas le forcer à rester, lui dit-elle en espérant se débarrasser de Patrick.

— Cela ne me dérange pas du tout, rétorqua Patrick. Je serais très heureux de vous tenir compagnie.

Florence ne désirait qu'une chose, rester seule. Elle se sentait si vulnérable ce soir.

— Maintenant file! Dors bien, mon chéri.

— Toi aussi, maman.

Après le départ de Peterson, Florence se sentit très lasse. Elle s'allongea sur le lit en tournant le dos à Patrick et ne dit plus rien. Ce fut Patrick qui brisa le silence.

— Merci du fond du cœur. Vous avez réussi à le rassurer.

Il posa sa main sur son épaule, mais elle resta immobile et muette.

— J'apprécie énormément l'amour que vous portez à mon fils. Je pense que je... que je devrai vous laisser partir.

Elle se retourna brusquement, ébahie par ce qu'elle venait d'entendre.

— Vous dites que... vous allez me laisser partir, dit-elle, incrédule. Si c'est vrai, c'est le plus beau cadeau que vous puissiez m'offrir.

— Peut-être que votre amour pour Peterson n'est pas aussi fort que je l'espérais pour vous empêcher de partir, lui dit-il dans un souffle.

— Écoutez, j'aime Peterson de tout mon cœur. Ne soyez pas

cruel, pensez aussi à ma fille. Elle est toute petite. Elle n'a pas encore trois ans. Ma mère est vieille et n'a plus la force de s'occuper d'un enfant. Elles ont toutes les deux besoin de moi. Ne soyez pas égoïste.

— Nous avons aussi besoin de vous, Peterson et moi. Mais vous voir dans cet état me crève le cœur. D'un autre côté, Peterson pourra-t-il se remettre de votre départ?

— Tout ira bien, j'en suis certaine.

— Je ne saurai jamais comment m'y prendre avec lui.

Elle ne sut que répondre à cet aveu qui venait droit du cœur. Il continua d'un ton plaintif.

— Je vous laisserai partir un jour, je ne sais pas quand. Mais il faudra que vous m'aidiez à lui faire accepter cette séparation!

Les yeux de Patrick se remplirent de larmes qu'il s'efforça de réprimer.

— Je vous suis très reconnaissant, Florence. Vous avez donné une nouvelle vie à mon fils. La date de votre départ dépend de vous. Vous êtes mieux placée que moi pour trouver les mots justes pour annoncer la nouvelle à Peterson.

Rempli de désespoir, il approcha son visage de celui de Florence. Ils étaient si près l'un de l'autre que leurs souffles se mêlaient. Il s'approcha encore et effleura sa bouche d'un baiser. Ne rencontrant aucune résistance, il l'embrassa avidement, passionnément et elle lui rendit son baiser. Elle passa ses bras autour de son cou. Ils s'embrassèrent avec fougue. Il lui caressa le dos sous sa chemise et elle s'abandonna à ses caresses. Ses lèvres se posèrent sur son cou et descendirent jusqu'à sa poitrine. Lorsqu'il voulut s'emparer des pointes durcies de ses seins, elle s'arracha brutalement à lui. Remplie de honte, les yeux baissés, elle ne savait pas où se mettre.

— Pardonnez-moi, Florence. Je pensais que vous étiez consentante. Je n'aurais pas dû me laisser aller de la sorte. Je suis vraiment désolé.

— Vous n'avez pas à vous excuser. Je suis aussi coupable que vous. Je ne comprends pas ce qui m'est arrivé.

— Non, non, c'est moi le coupable! Pardonnez-moi, Florence. Je ne veux pas que vous pensiez que j'ai essayé de profiter de vous.

— Vous m'énervez avec vos excuses. Partez et oublions ce qui vient de se passer.

— D'accord. Dans ce cas, je vous souhaite une bonne nuit.

— Merci, Patrick. Je vous souhaite aussi une bonne nuit. Fermez la porte derrière vous, je vous prie.

Florence ne pouvait s'empêcher de revivre ce passionnant baiser échangé avec son ravisseur. Le mur fragile entre l'amour et la haine était-il en train de s'effriter? Elle essayait désespérément de déchiffrer le comportement de Patrick. Essayait-il de l'amadouer? Avait-il vraiment l'intention de la laisser partir? Pourra-t-il tenir sa promesse? Cette nuit, elle rêva de sa petite fille qui fêtait son anniversaire avec un énorme gâteau.

De son côté, Yolande se lia d'amitié avec Varda et obtint d'elle de précieuses informations concernant Patrick Sylvain. Elle apprit, entre autres, qu'il possédait plusieurs maisons, notamment à Pétion-Ville, à Delmas, à Pèlerin, ainsi que la maison de ses parents à Kenscoff. Elle sut également qu'il avait plusieurs voitures et que sa fortune avait été acquise de façon frauduleuse.

Le docteur, d'autre part, fini par être convaincu que la jeune femme n'était pas réellement la femme de son voisin.

La police, quant à elle, avait plusieurs indices concernant cette affaire, mais elle n'arrivait pas à coincer cette bande d'individus qui leur avaient filé entre les doigts il y a environ un an.

Une année entière s'était écoulée et personne n'était venu lui porter secours. Désormais, Florence ne pouvait s'accrocher qu'à la seule promesse de Patrick.

Elle se surprit parfois à penser à Patrick, à leur baiser, à leurs furtives caresses. Elle ne voulait pas croire qu'elle était éprise d'un tel homme. C'était son ravisseur, que diable!

Patrick, lui, trouvait toutes sortes de prétextes pour éviter Florence. Il veillait cependant à ce qu'elle ne manque de rien. Il était évident que le mur qu'il avait dressé pour se protéger des souffrances de l'amour était en train de s'écrouler. Il était très triste à l'idée que Florence allait partir un jour. Il croyait vraiment que le feu de l'amour s'était éteint avec la mort de sa chère Astride, la maman de Peterson.

L'année scolaire toucha à sa fin. Deux mois s'étaient écoulés depuis la promesse que Patrick avait faite à Florence. Elle commença à douter de la bonne foi de Patrick. Pouvait-elle lui faire confiance? Pouvait-il honorer sa promesse? Elle se posait toutes sortes de questions. Il lui arriva un jour de remettre en question son propre comportement. Pourquoi vouloir fuir, encore et toujours fuir? Patrick n'était-il pas séduisant? Peterson n'était-il pas adorable? Le décor dans lequel elle vivait n'était-il pas enchanteur? Elle réalisa qu'elle commençait vraiment à faire partie de la famille et du décor. Cependant, elle était sûre d'une chose, elle voulait à tout prix revoir sa fille et sa mère qui constituaient sa seule vraie famille. Elle décida d'avoir une franche conversation avec Patrick. Pour ne pas avoir à se rappeler ce fameux baiser, elle choisit de le rencontrer au grand salon.

— Bonsoir Florence, lui dit-il en fuyant son regard. J'ai reçu votre message.

Il n'était plus question de tergiverser. Elle alla droit au but.

— Je veux vous parler de la promesse que vous m'avez faite l'autre soir.

— Certainement, dit Patrick. Avez-vous rempli votre part de cette promesse?

— À vrai dire, non, reconnut-elle.

— Eh bien, vous voyez! dit-il en levant les yeux au ciel.

Devant l'expression de son visage, Florence perdit tout sang froid.

— J'étais sûr que vous bluffiez en me faisant croire à vos salades. Vous croyez que j'allais me jeter dans vos bras! Si je vous avais fait confiance, vous auriez déjà abusé de moi. Vous êtes un incapable, un menteur, un...

— Je ne prétends pas avoir changé d'avis, coupa-t-il calmement. Je vous fais simplement remarquer que vous n'avez pas encore honoré votre part de notre contrat. Sachez que si j'avais voulu abuser de vous, je n'aurais pas eu à vous faire de promesse.

Comprenant à quoi il faisait allusion, elle répartit d'un ton plus calme.

— Et en quoi consiste ma part de ce fameux contrat?

— Mais à dire la vérité à Peterson, voyons.

— Parce que vous estimez que je lui ai menti? lui demanda-t-elle.

— Je n'affirme rien de la sorte.

— Alors, puis-je savoir de quoi vous parlez?

Constatant qu'il n'était pas prêt à lui fournir les explications qu'elle attendait, elle laissa libre cours à sa colère.

— Est-ce moi qui ai fait croire à votre fils que j'étais sa mère, alors que je ne vous connaissais même pas? C'est odieux de lui mentir de la sorte. Vous risquez de lui briser le cœur lorsqu'il saura la vérité.

Patrick baissa les yeux. Il était incapable de faire face au regard de Florence qui plantait sur lui son regard étincelant de colère.

— Ah! Je commence à comprendre. Vous l'avez enlevé, lui aussi. Vous avez arraché cet enfant à sa mère comme vous m'avez arrachée à ma fille!

Patrick ne voulait pas évoquer le souvenir de la mère de Peterson. Il répondit :

— Non, je ne l'ai pas arraché à sa mère. Je n'aurais jamais agi de la sorte. C'est la seule femme que j'ai vraiment aimée. Elle me l'a confié avant...

Les mots ne parvinrent pas à sortir de la bouche de Patrick. Il réprima ses larmes.

Devant cette expression de douleur, Florence se radoucit un peu.

— Avant quoi, Patrick? dit-elle doucement.

— Avant sa mort, répondit-il tout simplement.

Aucun d'eux ne s'était aperçu de la présence de Peterson. La vérité le frappa comme un coup de fouet et il lança un cri d'effroi. C'est à ce moment qu'ils réalisèrent que Peterson avait entendu leur conversation.

Peterson remonta l'escalier à grandes enjambées. Florence le rattrapa juste devant la porte de sa chambre. Patrick n'osait même pas le toucher.

— Écoute, mon chéri, je suis désolée...

— Lâche-moi, cria-t-il, tu n'es pas ma mère! Vous êtes tous des menteurs. Je vous déteste!

— Je te comprends, mon chou, mais je t'aime et c'est tout ce qui compte.

Patrick, incapable d'émettre un son, s'approcha de Peterson pour le consoler. Celui-ci le repoussa furieusement.

— Laisse-moi tranquille, ne me touche pas! Je ne veux plus te voir, et toi non plus, dit-il en se tournant vers Florence.

Il vociféra à son intention :

— Tu peux t'en aller retrouver ta fille. Vas-y! J'ai tout entendu. Je vous déteste! Vous êtes tous des menteurs!

Il s'arracha des bras de Florence, se réfugia dans sa chambre, claqua la porte derrière lui et la verrouilla.

Florence s'adressa à Patrick :

— Mais dites-lui donc d'ouvrir cette porte, bon sang!

Patrick perdit toute contenance. Il était hagard, incapable de réagir. Il se colla à la porte de Peterson et pleura sans retenue.

— Je suis désolée, Patrick, lui dit-elle tout doucement, pour vous et pour votre fils.

Désemparée de voir un homme pleurer, elle l'entoura de ses bras et l'entraîna doucement vers sa chambre. Il se laissa tomber à plat ventre sur le lit, enfouissant sa tête sous l'oreiller pour étouffer ses larmes.

— Je suis navrée, Patrick. Remettez-vous. Peterson va se calmer. Les enfants sont plus résilients qu'on ne le croit. Il s'en remettra. Allons, allons, un peu de courage!

— Je viens de perdre un fils que j'avais à peine retrouvé.

— Du courage, mon cher ami. Il s'en remettra, je vous promets!

— Je ne serai jamais capable de le regarder en face. Il ne voudra plus jamais de moi.

— Je vous interdis de parler ainsi, ordonna Florence. Il vous aime et il a besoin de vous.

— Vous pourrez vous en aller demain, si vous voulez. Je vous déposerai chez vous.

— Quoi? Qu'est-ce que vous dites?

— C'est bien ce que vous vouliez, non?

— Oui, évidemment.

— Alors, partez!

— Mais... bredouilla-t-elle, je ne peux pas partir comme ça!

Patrick s'impatientait. Il se leva, la prit par le bras et la secoua, presque violemment.

— Mais qu'est-ce que vous essayez de prouver? Vous avez voulu partir depuis le premier jour où vous avez mis les pieds ici! Maintenant que vous pouvez le faire, vous changez d'avis?

Embarrassée, elle ne parvint pas à soutenir son regard. Après une courte pause, elle lui avoua :

— Je me sens coupable. Je veux vous aider à vous réconcilier avec Peterson et ...

— Épargnez-moi votre pitié, coupa-t-il sèchement. Je suis capable de me débrouiller tout seul. Allez rejoindre votre fille.

— Je veux rester un peu pour Peterson, lui dit-elle. Quelques jours de plus ne feront de mal à personne.

— Vous pouvez appeler chez vous pour contacter votre famille. Je vous ferai installer le téléphone demain.

— J'aimerais parler à ma mère ce soir même, dit Florence, pour lui dire que je rentre à la maison.

— Comment allez-vous vous y prendre. Comment allez-vous lui expliquer votre absence?

— Je choisirai mes mots, dit-elle tout simplement.

— Merci, Florence. Je vais vous avouer quelque chose et il faut croire ce que je dis. Je sais que je ne vaux pas grand-chose, mais je n'ai jamais tué ni fait de mal à personne.

Elle comprit qu'il était sincère.

— Je vous crois, dit-elle, en lui offrant un sourire attendri que Patrick ne manqua pas de lui retourner.

— Par contre continua-t-il, j'ai commis une grosse faute récemment. J'ai volé une perle.

Devant l'air surpris de la jeune femme, il précisa.

— L'éclat de la perle que j'ai volée a rayonné dans toute la maison. Cette perle, c'est vous, Florence. Vous m'avez captivé et vous nous manquerez beaucoup.

Sa voix était pleine de passion et de reconnaissance. Ce compliment eut sur Florence l'effet d'une décharge électrique. L'atmosphère de la chambre devint tout à coup pesante. Décidant qu'il valait mieux s'en aller, Patrick prit congé de Florence.

— Je crois qu'il vaut mieux que je m'en aille, dit-il pour briser le silence. Si vous avez besoin de moi, prévenez Marie Marthe.

— D'accord articula Florence, hypnotisée par un sentiment qu'elle n'arrivait pas à définir.

Sur le pas de la porte, elle s'entendit dire :

— Patrick, attendez!

Il se retourna, l'interrogeant du regard.

— Je... Je voulais vous dire...

Elle n'arrivait pas à terminer sa phrase tant le regard perplexe de Patrick pesait sur elle.

— Oui, je comprends. Oui, vous pouvez partir. C'est ça, au revoir, dit-il avec un sourire qui voulait dire, j'ai tout compris.

Comme d'habitude, Patrick fut incapable de résoudre ses problèmes familiaux. Comme d'habitude, il choisit la fuite.

Une nouvelle cargaison devait bientôt arriver et il se plongea dans ses affaires afin d'éviter ses ennuis personnels. Il passa plus d'une semaine à éviter aussi bien Florence que Peterson. Au fil du temps, les relations entre Peterson et Florence s'étaient grandement améliorées. On pourrait même dire qu'elle étaient revenues à la normale. Florence essaya de rencontrer Patrick. Il ne répondit à aucune de ses requêtes. Elle décida alors d'aller à sa rencontre. Elle le rejoignit près de son bureau. Patrick fut surpris de la présence de Florence et eut du mal à cacher son embarras.

— Mais que faites-vous là? C'est très imprudent de m'attendre dans ce corridor mal éclairé. J'aurais pu vous prendre pour un intrus. Il ne fallait pas faire ça. Vous auriez pu charger Marie Marthe de...

— Je l'ai fait, coupa-t-elle. Et ne prétendez pas le contraire. Je ne vous croirai pas.

— C'est vrai, mais vous auriez pu venir dans ma chambre.

— J'ai essayé, mais vous n'y êtes jamais.

Las, il lui lança d'une voix sèche.

— Que me voulez-vous?

— Je veux vous parler de votre fils, lui répondit-elle sur le même ton.

Les traits tirés, il prit la jeune femme par le bras et l'entraîna dans son bureau luxueusement meublé. Négligemment, il s'assit sur le canapé, une jambe dessus, une jambe par terre et lui demanda.

— Quand partez-vous?

— Soyez sérieux, Patrick. Vous ne rendez aucun service à votre fils en affichant un tel comportement de déserteur. Vous lui donnez tout simplement la preuve qu'il ne vous intéresse pas, que vous ne l'aimez pas. Il me l'a dit, vous savez?

— Que je ne l'aime pas! Vous osez me dire que je ne l'aime pas! Je l'aime de tout mon cœur!

— Dans ce cas, prouvez-le-lui. Je partirai dans moins d'une semaine. Vous n'avez pas beaucoup de temps pour vous secouer.

— Je ne sais pas comment m'y prendre.

— De la même façon dont vous vous servirez pour conquérir une femme dont vous êtes amoureux.

— Je manque de pratique. Cela ne m'est pas arrivé depuis bien longtemps.

— Vous ne vous êtes jamais intéressé à une femme autre que la mère de Peterson?

— Les femmes que j'ai connues étaient trop superficielles et ne s'intéressaient qu'à mon argent.

— Parlez-moi de la mère de Peterson, lui dit-elle en changeant de sujet. Étiez-vous mariés?

— Elle n'aurait jamais voulu de moi comme époux, répondit-il d'une voix mélancolique. Par contre, nous nous aimions énormément. Elle était trop honnête, elle n'aimait pas ce que je faisais. C'était une sacrée bonne femme. Son fantôme hante parfois mes nuits. C'est un sujet que je n'aborde avec personne et j'ignore pourquoi je l'ai fait avec vous.

Florence amena la conversation sur Peterson.

— Pourquoi ne lui avez-vous pas parlé de sa mère. Vous devriez le faire, croyez-moi.

— Si je lui dis des choses que je ne devrai pas lui dire ou des choses qu'il ne veut pas entendre, il va me haïr encore plus.

— C'est faux. Il vous aime. Vous ne lui avez pas offert l'occasion de vous le prouver, tout simplement.

— C'est vous la seule personne qu'il aime, il n'y a aucun doute là-dessus.

— Si moi, qui suis une étrangère, je suis arrivée à me faire aimer, à me faire pardonner, vous, qui êtes son père, vous pourrez encore mieux faire si vous en faites l'effort, lui dit-elle pour l'encourager.

— Qui donc peut ne pas vous aimer? Qui peut résister à votre éclat? Vous semblez oublier que vous êtes une perle et qu'une perle brille.

Elle était sur ses gardes et ne releva pas la réflexion. Elle changea de nouveau le sujet de conversation.

— Pourquoi ne pas lui faire une petite surprise? Nous pourrions aller le voir ensemble dans sa chambre.

— Non, je ne peux pas.

— Alors demain, insista-t-elle.

— Non plus. Je suis très occupé en ce moment.

— Mais Patrick, faites donc un effort! Vous pouvez bien lui consacrer un petit instant de votre vie!

— Je le ferai quand je le pourrai, dit-il pour mettre fin à la conversation.

— N'attendez pas trop. Il est grand temps que je retourne chez moi.

— Oui, je sais Florence et vous allez me manquer terriblement.

Trois jours passèrent pendant lesquels Florence ne reçut aucune nouvelle de Patrick. Elle était indignée du peu de considération qu'il avait pour son fils. Elle continua néanmoins d'apporter à Peterson l'appui moral et affectif dont il avait besoin.

La police eut vent d'un déchargement de cargaison que Patrick et sa bande devaient effectuer dans la soirée au port de Saint Marc. Elle était donc prête à mettre le collet sur les malfaiteurs. Ceux-ci étaient en train de décharger un conteneur lorsque les policiers les surprirent la main dans le sac. Un échange de tir eut lieu et deux collaborateurs de Patrick, Maxi et Richard, furent abattus. Il y eut des blessés et plusieurs arrestations. Patrick faisait partie des blessés. Il fut atteint au bras, mais parvint à s'échapper grâce à Jules, son fidèle homme de main. Il fut soigné par un docteur de Pétion-Ville qu'il connaissait bien et qui était très discret. Sa blessure, heureusement, était superficielle. La balle l'avait atteint au bras gauche et la blessure saignait beaucoup. Le docteur pansa la plaie et Patrick retourna chez lui.

Il croisa Marie Marthe dans l'escalier. En voyant l'état de Patrick, son pansement et ses habits souillés de sang, elle s'écria affolée.

— Oh, mon Dieu! Que vous est-il arrivé? Avez-vous eu un accident?

Patrick ne lui prêta pas attention et poursuivi son chemin jusqu'à sa chambre.

Marie Marthe, ne tenant plus sur place, alla avertir Florence. Les deux femmes arrivèrent en courant dans la chambre de Patrick et le trouvèrent allongé sur le lit, le visage tordu de douleur. La blessure continuait de saigner malgré le pansement. Il était mal en point. Florence, en le voyant, ne put dissimuler son inquiétude.

— Regardez-moi ça! Que vous est-il arrivé?

— J'ai été attaqué. On m'a tiré dessus.

Il n'en dit pas plus. L'effet de l'anesthésie commençait à se dissiper. Patrick ne supportait pas bien la douleur, ce qui le rendait irritable. Il envoya chercher les médicaments que lui avait prescrits le docteur. Florence ne lui posa pas d'autres questions.

— Marie Marthe, allez chercher des habits de rechange, ordonna-t-elle. Il ne peut pas rester dans cet état.

— Bien, madame, répondit Marie Marthe.

Elle se dirigea aussitôt vers l'armoire et revint avec des vêtements propres.

Les deux femmes déshabillèrent Patrick, lui firent un brin de toilette et l'aidèrent à se revêtir. L'illustre blessé se retrouva nu comme un vers devant les deux femmes qui n'étaient pas plus embarrassées que ça.

— Madame, voulez-vous que je reste avec vous pour veiller sur M. Patrick?, demanda Marie Marthe.

Patrick répondit à sa place :

— Non, merci, Marie Marthe, vous pouvez vous retirer.

Restée seule avec Patrick, Florence s'assit aussitôt près de lui et lui prit la main.

— C'est la police qui vous a tiré dessus, n'est-ce pas?

— Oui. Elle nous a tendu une embuscade. Max et Richard n'ont pas eu la même chance que moi, soupira-t-il.

— Ils ont été tués?

— Oui, répondit-il avec hargne. Je viens de perdre deux fidèles collaborateurs, deux amis. Je suis foutu. Ils auraient du m'abattre, moi aussi.

— Vous ne devez pas parler de la sorte, dit-elle. Remerciez plutôt le ciel d'être encore en vie.

— Je n'ai aucune raison de vivre, si vous voulez savoir.

— C'est faux! Vous en avez au moins une. Et Peterson, qu'est-ce que vous en faites?

— Il peut très bien se passer de moi.

— Qu'est-ce que vous en savez? D'ailleurs, nous étions sur le point de vous rendre visite. Vous savez, Patrick, vous devriez changer de vie et abandonner ce genre d'occupation qui ne vous apporte que des malheurs. Je sais que vous valez mieux que ça.

— Vous êtes gentille, mais ma réputation est faite et personne ne croirait à un changement.

— Moi, je vous fais confiance et je crois dur comme fer que vous pouvez vous améliorer.

Cette marque de confiance l'émut aux larmes.

— Merci, Florence, mais je ne mérite pas vraiment cette attention. Je vous ai fait tellement de mal.

Elle pressa sa tête contre sa poitrine et l'entoura de ses bras. Elle déposa un léger baiser sur son front et lui murmura à l'oreille :

— C'est du passé, maintenant.

— Je vous demande pardon, Florence.

— Soyez sans crainte. Vous êtes pardonné, lui dit-elle calmement.

Ils restèrent un long moment enlacés, sans parler. Elle remarqua qu'il fallait changer le pansement.

— Il faut dormir, maintenant. La blessure recommence à saigner. Vous ne devez pas trop bouger.

Docile, il lui obéissait comme le ferait un petit enfant.

— Posez votre bras sur l'oreiller, cela calmera la douleur.

Patrick lui posa la question qui lui brûlait les lèvres :

— Croyez-vous en Dieu?

— La religion telle quelle n'a aucune valeur. Elle est l'œuvre des mortels. Il suffit de suivre les traces de Jésus.

— J'ai vraiment honte de moi. Vous êtes divine. Je ne vous remercierai jamais assez.

— Je vous laisse vous reposer. L'effet des médicaments va

commencer à se faire sentir et la douleur va vite diminuer. Peterson pourra alors venir vous voir.

— Vous avez pensé à tout.

Florence effleura sa bouche de ses lèvres et sortit de la chambre avec un sourire radieux. Elle mit Peterson au courant des événements. Les enfants possèdent parfois une intuition plus grande que celle des adultes.

— Pourquoi le défends-tu comme ça? lui demanda Peterson.

— Je ne le défends pas. Il faut savoir pardonner, c'est tout.

— Tu es son amie maintenant?

— C'est toi mon ami, lui dit-elle en le secouant affectueusement.

— Alors, qu'est-ce que tu représentes pour mon père?

Elle fit de gros efforts pour ne pas répondre directement au sous-entendu de ce garçon bourré d'intelligence.

— Tu as dit tout à l'heure que je le défendais, n'est-ce pas? Eh bien, je suis son avocate!

Ils rirent de bon cœur. Tout à coup, le petit redevint sérieux.

— Aimes-tu mon papa?

C'était le genre de question auquel elle ne s'attendait pas. Prise au dépourvu, elle bégaya :

— Qu'est-ce que tu racontes, mon chéri?

— Je te demande tout simplement si tu aimes mon papa.

— Tu sais, mon chou, Dieu nous a ordonné de nous aimer les uns les autres. Je ne peux donc pas haïr ton père.

— Je sais tout ça. Je veux dire comme une maman aime un papa. Si tu es vraiment mon amie, tu ne dois rien me cacher. C'est toi qui me le répètes tout le temps.

Elle était prise au piège. Elle décida de lui ouvrir son cœur.

— Es-tu capable de garder un secret?

Il secoua affirmativement la tête.

— Ce sera notre petit secret. Tu sais, entre amis, on ne doit pas se trahir. Oui, Peterson, j'aime beaucoup ton papa.

— Pourquoi ne te maries-tu pas avec lui? De cette façon, j'aurai une maman bien à moi et une petite sœur.

— Tu es merveilleux, mon petit Peterson, mais il faut être deux pour s'aimer et se marier. Toi et moi, nous nous aimons très fort, peut-être que je me marierai avec toi.

— Je ne suis pas libre, dit-il en éclatant de rire.

— Ah! petit coquin, on fait des cachotteries? Écoute, je passe te prendre tout à l'heure et nous irons voir ton père. Entre temps, mets un peu d'ordre dans ta chambre.

La matinée touchait à sa fin et Florence semblait avoir oublié sa promesse. Peterson décida de se rendre tout seul au chevet de son père.

Patrick était assoupi, mais à l'approche de Peterson, il se réveilla.

— Bonsoir papa.

— Bonsoir mon fils. Ne reste pas là. Viens chez ton papa, mon grand. On est des hommes, toi et moi. On va parler comme des hommes. Comment vas-tu?

— Je vais bien, répondit Peterson.

— Tu as fait la paix avec Florence à ce que je vois.

— On ne peut pas rester longtemps fâchés tous les deux, dit Peterson.

— Ah oui! Et pourquoi?

— C'est une femme merveilleuse.

— Tu n'es pas amoureuse d'elle, par hasard?

— Je l'aime beaucoup.

— N'oublie pas de me présenter ta belle-fille avant le mariage! dit Patrick en le taquinant.

— Il n'y aura pas de mariage, c'est certain.

— Mais tu m'as dit que tu l'aimais, n'est-ce pas?

— Oui, mais elle aime quelqu'un d'autre plus que moi, répondit Peterson tristement.

— Mais tu es jaloux, ma parole! Qui est-il? Si je le vois, je l'étranglerais de mes propres mains!

— C'est toi, papa.

— Qu'est-ce que tu me racontes là?

— Oui, elle t'aime beaucoup, dit Peterson.

— D'où as-tu sorti ces sottises?

— C'est elle qui me la dit ce matin. Elle m'a fait promettre de ne rien te dire. Tu dois faire semblant de ne rien savoir.

— Tu peux compter sur moi, mon grand. Cela restera un secret entre nous.

— Je lui ai demandé si elle voulait se marier avec toi. Elle m'a répondu qu'elle ne te plait pas, qu'elle n'est pas ton genre et que tu ne voudrais jamais d'elle.

— Elle t'a menti sur ce point. C'est elle qui ne voudrait jamais de moi. Mais tu sais beaucoup de choses, mon petit bonhomme!

— On m'a déjà dit ça à l'école, répondit Peterson tout fièrement. Dis, papa, tu l'aimes?

— C'est une femme merveilleuse! Comment peut-on ne pas l'aimer?

À cet instant, Florence entra dans la chambre. Elle reprocha à Peterson de ne pas l'avoir réveillée.

— Mais, ma parole, on dirait deux enfants pris en faute! Que tramez-vous tous les deux?

Elle jeta un regard soupçonneux sur Peterson, puis sur Patrick, essayant de deviner ce qu'ils manigançaient.

— Arrêtez de nous regarder de la sorte, dit Patrick. Nous tenons une discussion entre hommes, c'est tout.

— Bon, je vois que ma présence vous dérange.

— Mais pas du tout! Vous êtes la bienvenue.

Peterson se leva, chuchota quelques mots à l'oreille de son père et sortit de la chambre.

Florence voulait à tout prix s'assurer que Peterson ne l'avait pas trahie.

— Je sens quelque chose de louche. Qu'est-ce que vous complotez derrière mon dos?

— On disait que vous allez partir dans moins de quarante-huit heures.

— Oui, c'est vrai, dit-elle d'un ton nostalgique.

— Vous allez être tellement contente que vous allez nous oublier dès que vous aurez la porte.

— Pourquoi broyez-vous du noir, Patrick?

— Répondez-moi d'abord, n'ai-je pas raison?

— Je pourrai très bien venir vous voir de temps en temps, peut-être même que j'amènerai ma fille avec moi.

— C'est gentil de votre part, mais pourquoi le feriez-vous après tout ce qui s'est passé?

Elle ne put se résoudre à lui mentir en lui disant que c'était pour Peterson. Aucun son ne sortit de sa bouche. Ils restèrent un long moment, se fuyant du regard. Le silence était étouffant.

— Je m'en irai le cœur léger en pensant à la complicité qui existe entre vous et Peterson. Je suis contente pour vous, en tout cas.

Patrick soudain devint très pâle et défaillit.

— Qu'avez-vous? Vous vous sentez mal?

— Très mal, Florence. Je souffre beaucoup à l'idée de vous perdre.

— Mais vous étiez consentant à ce que...

— Je le suis toujours, mais cela me crève le cœur. Je vous aime, Florence. Épousez-moi. Je changerai pour vous, vous verrez. Ne m'avez-vous pas dit que vous croyez en moi?

Elle hocha la tête affirmativement. Il lui prit les poignets et les serra si fort qu'elle grimaça de douleur.

— Est-ce que vous comprenez, Florence, je vous aime. Voulez-vous devenir ma femme?

— Vous me faites mal! Lâchez-moi, je vous prie. Elle se précipita vers la porte, mais se trouva incapable d'en franchir le seuil.

— C'est une machination de Peterson pour se venger de moi, je le savais. Je me doutais bien qu'une femme comme vous ne voudrait jamais d'un escroc comme moi. Il a eu sa vengeance, il peut en être fier!

Florence était bouleversée par l'aveu de Patrick. Mais elle était bien placée pour savoir que Peterson était innocent.

— Peterson n'est pas un menteur, je peux vous l'assurer. Il vous a complètement pardonné. Il vous aime.

Patrick se détourna pour éviter le regard insistant de Florence.

— Je vous le répète. Peterson ne vous a pas menti. Il vous aime trop pour cela.

Elle le regarda droit dans les yeux. Les mots qui sortirent de sa bouche jaillirent de son cœur.

— Je vous aime, Patrick. Je veux bien devenir votre femme.

Il se retourna brusquement pour lui faire face.

— Tu veux bien me répéter ce que tu viens de me dire?

— Je t'aime, Patrick, et je veux devenir ta femme.

Elle se jeta dans ses bras. Ils s'embrassèrent passionnément pendant un long moment. Il s'écarta d'elle pour lui murmurer à l'oreille :

— Je t'aime, ma petite perle. Ton éclat est tel qu'il a dissipé tous les nuages noirs de ma vie.

Ils restèrent longtemps dans les bras l'un de l'autre pour savourer leur bonheur.

Florence, Peterson et Patrick vécurent le parfait bonheur pendant les deux jours qui restaient avant le départ de la jeune femme.

La veille de son départ, Florence décida de passer la soirée seule avec son amant.

— Florence, ma chérie. Promets-moi que tu reviendras vite! Je ne peux plus passer une seule seconde de ma vie sans toi.

— Ne me dis pas que tu n'as pas confiance en moi! As-tu peur que je ne revienne pas? Si tu dis oui, je serais énormément déçue!

— Je dois reconnaître que j'ai très peur, parce que je suis conscient que tu mérites mieux que moi.

— Qui es-tu pour parler de la sorte, Dieu? Sache que tu es ce que le ciel a de mieux à m'offrir.

Ils échangèrent un baiser aussi léger qu'une aile de papillon.

— Je n'espérais plus connaître le bonheur un jour, lui avoua-t-elle.

— Es-tu heureuse aujourd'hui?

— Je peux le crier sous tous les toits. Je ne suis pas seulement heureuse, je suis comblée!

— Grâce à toi, mon amour, je suis aussi très heureux. Tu ne regretteras pas de m'avoir choisi comme mari.

Pour toute réponse, elle lui adressa un regard attendri. Il appuya sa joue contre la sienne et chercha ses lèvres. Leur baiser fut un mélange de fougue et de tendresse. Ses doigts jouèrent dans ses cheveux puis descendirent le long de son dos jusqu'à son corsage. Le magnétisme de Patrick faisait vibrer Florence de désir et la laissait avide et pantelante. Il la déshabilla sans hâte. Elle entoura son torse puissant de ses petits bras et lui rendit baiser pour baiser, caresse pour caresse. Elle rejeta légèrement la tête en arrière pour mieux lui offrir sa gorge généreuse qu'il couvrit aussitôt de baisers. Ses lèvres se firent plus exigeantes et happèrent les pointes durcies de ses seins, l'une après l'autre. Elle gémissait de plaisir et murmurait son nom comme une douce mélodie. Il la posséda lentement, progressivement, totalement, jusqu'à ce que leurs corps ne fissent plus qu'un. Ils se séparèrent enfin, repus, leurs yeux embrasés du feu de l'amour.

Le lendemain, tôt le matin, Patrick reçut la visite de sa sœur qui se doutait de quelque chose après avoir eu vent d'échanges de tirs entre la police et des malfaiteurs. Dès qu'il la vit, Peterson sauta de joie.

— Tatie Rachelle! Cria-t-il, que je suis content de te voir!

— Et moi, tu m'as terriblement manqué, mon chéri. Qu'est-ce que tu as grandi!

— Pourquoi es-tu restée si longtemps sans venir me voir! Je demande tout le temps à papa de m'emmener chez toi, mais il refuse toujours.

— Les adultes sont compliqués, mon petit. Tu comprendras un jour. Maintenant, accompagne-moi chez ton papa.

En chemin, Peterson lui annonça qu'il avait désormais une nouvelle maman, une très jolie maman. Rachelle se reprochait d'avoir coupé les ponts avec son frère. La séparation lui pesait sur le cœur. Elle chercha donc un moyen d'y remédier. En voyant sa sœur, Patrick resta pantois.

— Bonjour petit frère, bien dormi? dit-elle gaiement.

— Je n'en crois pas mes yeux! dit Patrick, fort surpris. Tu es la dernière personne que je m'attendais à voir.

Elle s'avança et prit place dans un fauteuil près du lit. Elle déposa un léger baiser sur le front de son frère et l'enlaça. Elle le berça comme un petit garçon.

— Comment vas-tu, mon petit Patrick?

— Je vais bien, à part mon bras, bien sûr.

— Tu aurais pu y rester, et je m'en serais voulu toute ma vie.

Elle s'assit sur le lit pour se rapprocher encore plus de lui. Elle renvoya Peterson de la chambre sous un prétexte quelconque. Patrick, de son côté, était sur ses gardes, car il savait que sa sœur allait le bombarder de questions.

— Je t'en prie, Rachelle, épargne-moi tes sermons. Pas aujourd'hui, je t'en prie...

— Je ne suis pas venue pour ça. Je pense qu'il est grand temps que nous fassions la paix, toi et moi. À part ma famille, tu es le seul parent qu'il me reste. Allez, raconte-moi ton histoire avec les policiers.

Patrick lui raconta toute l'affaire dans les moindres détails. La réaction de sa sœur fut tout autre que celle à laquelle il s'attendait.

— C'est mon orgueil qui m'a éloigné de toi. Si j'avais été là pour toi, tu ne serais jamais allé aussi loin. Je suis aussi responsable que toi.

— Tu n'as aucune raison de te culpabiliser de la sorte. De toute façon, je n'aurais pas écouté tes conseils. Je suis têtu comme une mule.

— Sais-tu qu'en interrogeant les blessés, ils peuvent remonter jusqu'à toi!

— Je n'ai pas peur. Toi aussi, Rachel, tu ne devrais pas avoir peur! Je ne veux pas causer d'ennui à ma future nièce ou à mon futur neveu, dit-il d'un ton narquois.

— Petit indiscret! Comment le sais-tu?

— J'ai une très bonne vue. Laisse-moi toucher ton ventre.

Il avança la main, mais elle lui donna une petite tape pour l'en empêcher.

— Petit taquin, va! Laisse-moi tranquille. C'est à peine visible. Je suis au tout début de ma grossesse.

Leur tête-à-tête fut interrompu par l'arrivée de Florence, venue souhaiter un dernier au revoir à Patrick. Celui-ci en profita pour faire les présentations.

Après le départ de Florence, Rachel fusilla son frère des questions qui lui brûlaient les lèvres. Lorsqu'elle apprit les circonstances de l'arrivée de Florence, elle fut prise d'admiration pour la réaction de la jeune femme.

— Il faut vraiment qu'elle t'aime pour te pardonner ce que tu lui as fait! J'espère qu'en retour tu feras tout ton possible pour la rendre heureuse.

— Je ferai de mon mieux Rachelle, parce que je l'aime de toutes mes forces.

Ils prirent ensemble le petit déjeuner et partagèrent un moment merveilleux.

Vers onze heures, Rachelle décida de rentrer chez elle. Patrick était tellement heureux de s'être réconcilié avec sa sœur qu'il la raccompagna jusqu'à sa voiture.

— Prends bien soin de toi, Rachelle!

— J'ai beaucoup souffert de notre séparation, avoua-t-elle. C'était de ma faute et je suis contente que tu m'aies pardonnée. Je t'aime très fort, tu sais?

Elle le serra dans ses bras, aussi fort que sa blessure au bras le permettait, et s'en alla.

Au retour de Florence dans son foyer, ce fut l'allégresse totale, le retour de l'enfant prodigue. Sa mère ne pouvait pas y croire. Elle touchait le visage de Florence, encore et encore, pour s'assurer qu'elle ne rêvait pas, que ce n'était pas un fantôme. Florence eut la même réaction avec Sandy, sauf que Sandy ne se rappelait plus d'elle. Les retrouvailles furent émouvantes et Florence et sa mère pleurèrent à chaudes larmes.

Florence resta une semaine à la maison en compagnie de sa fille et de sa mère. Celle-ci lui posa un tas de questions auxquelles elle répondit tant bien que mal sans mentionner son amant. Elle renoua le contact avec sa fille sans trop de difficulté.

Un jour, devant l'air béat de sa fille, madame Victor ne put s'empêcher de remarquer.

— Pour quelqu'un qui a été enlevé et retenu contre son gré dans un lieu inconnu, tu n'as pas l'air d'être trop malheureuse. Je peux même affirmer que tu as meilleure mine aujourd'hui qu'avant ton enlèvement. J'avoue, ma chérie, que tu m'inspires bien des soupçons. Sache qu'en dépit de tout ce que tu pourrais me cacher, je t'aimerais toujours et je suis très heureuse que tu sois revenue à la maison.

Devant la confusion de sa mère, Florence n'eut pas d'autre choix que de lui dire la vérité. Elle lui raconta tout, depuis son enlèvement jusqu'à la raison de son bonheur. Cependant, après avoir compris quel type d'homme était son futur beau fils, madame Victor paniqua.

— Mais ma chérie, un tel homme ne peut que t'attirer des ennuis! Tu seras malheureuse toute ta vie. Et si tu te décides de l'épouser, tu risques de connaître la prison pour complicité. Enfin ma chérie, pense à ta fille, pense à moi, pense aussi à toi, tu mérites mieux que ça!

— C'est un homme nouveau, plaida Florence, il est plus que jamais déterminé à suivre le droit chemin. Il me l'a promis.

— Admettons qu'il veuille vraiment changer, dit sa mère avec réticence, cela ne diminue en rien les risques. Un passé aussi lourd ne s'efface pas aussi facilement. Son passé le rattrapera un jour. Le fait que tu lui pardonnes ne signifie pas que la police va elle aussi lui pardonner, tu le sais très bien!

Madame Victor poursuivit ses efforts pour dissuader Florence d'épouser cet homme.

— Tu as toujours été contre l'impunité, n'est-ce pas?

— Oui maman, et je le suis encore.

— Et si un jour cette règle devait s'appliquer à Patrick, comment réagirais-tu?

— L'amour que j'ai pour lui m'indiquera le chemin.

— Et si son but était seulement de t'amadouer afin que tu ne le dénonces pas? Et s'il est venu jusqu'ici uniquement pour connaître ton adresse et éventuellement te faire du mal?

— Maman, voyons! Où vas-tu chercher tout ça? Tu as trop d'imagination! Attends de le rencontrer avant de le juger. Je suis sûre que tu changeras d'avis.

— Je suis ta mère. Il est normal que je me fasse du mauvais sang pour ma seule et unique fille. Tu aurais fait la même chose si tu étais à ma place. Je ne souhaite que ton bonheur, ma chérie.

— Dès qu'il se remettra de sa blessure, je te le présenterai. Je t'aime maman.

Sa maman lui fit un câlin et lui répondit d'une voix lasse.

— J'espère de tout mon cœur que tu sais ce que tu fais.

**Les relations entre Yolande et Varda** s'intensifièrent. Une sincère amitié s'était établie entre les deux femmes. Elles partageaient désormais leurs moments de détente, leurs amis, et bien sûr leurs commérages. L'opération presque réussie de la police fit la une des journaux et de la télévision et fit l'objet de nombreux commentaires.

— Varda, j'ai une nouvelle pour toi ma chère! Ta vedette de cinéma a failli se faire prendre dans les filets de la police. Le bruit court qu'il a même été grièvement blessé. Il doit sûrement être à l'hôpital.

— Oui, mais lequel? Peut-être même qu'en ce moment il se fait soigner par son voisin le docteur.

— C'est possible. Il a beaucoup d'influence.

— Et son otage, en as-tu entendu parler?

— Pas du tout. Peut-être qu'elle s'est échappée, peut-être qu'elle est morte. D'après ce que j'ai remarqué de cet homme quand nous étions au parc, il ne la laissera jamais partir.

— Écoute, Yolande, sérieusement, connaissant Patrick comme je le connais, ton histoire de femme enlevée ne tient pas vraiment debout. L'as-tu bien observé, cet homme? Il y a une grande différence entre regarder quelqu'un et l'observer.

— Oui, oui, Varda. Un tel homme ne passe pas inaperçu. Une vraie vedette de cinéma! Mais où veux-tu en venir?

— As-tu vu comme il m'a traitée lorsque nous nous sommes rencontrés au parc? Rassure-toi, je ne suis pas la seule. Il agit comme ça avec toutes les femmes et elles se jettent toutes à ses pieds. Nous avons partagé beaucoup de choses, lui et moi. Je t'assure qu'il sait très bien ce qu'il fait. Dès qu'on commence à l'aimer, on ne peut plus s'en passer. Il a tout, Yolande, la beauté, le charme et l'argent. C'est en plus un amant merveilleux et il n'est pas radin pour un sou.

— Puisque c'est toi qui le dis, Varda, je te crois.

Le regard de Varda devint soudain nostalgique.

— Que se passe-t-il, Varda? Il te manque, c'est ça?

— Pas vraiment, mais chaque fois que je le revois, j'ai envie de renouer avec lui.

— Tu te contredis ma chère! Tu viens de dire qu'il est un amant merveilleux.

— Au lit seulement. Il fait bien l'amour, mais on sent que le cœur n'y est pas. C'est peut-être un être déchiré. Peut-être a-t-il été déçu par une femme, je ne sais pas, moi!

— Tu n'en as jamais parlé avec lui?

— Il devient enragé chaque fois que j'aborde la question. En tout cas, lorsque nous étions ensemble, j'ai bien profité de tout ce qu'il pouvait m'offrir! Je ne suis pas très sentimentale et c'est pourquoi nous sommes restés bons amis. Nous sommes un peu pareils. De plus, je ne crois pas au parfait amour, tu comprends?

— Je respecte ton opinion. Penses-tu que si tu lui donnais un coup de fil qu'il accepterait de te revoir, même si tu l'as traité de sale brute?

— Bien sûr! Il n'est pas du tout rancunier. Nous sommes habitués à nos sautes d'humeur.

Elles poursuivirent leur bavardage. Yolande encouragea Varda à contacter Patrick.

Yolande Thermitus était une fervente partisane de la protection des droits des femmes divorcées. Elle était convaincue que la loi ne protégeait en rien l'épanouissement de la femme haïtienne. À son avis, celle-ci ne jouissait d'aucune sécurité, sociale, politique ou économique. Elle opta donc pour un système plus juste qui favorisait la compétence, qu'il s'agisse indifféremment d'un homme ou d'une femme. Le champ de travail de son organisation était très large. Elle accordait de petits prêts aux commerçants et traitait des problèmes de femmes battues, violées ou malmenées. Yolande accompagnait les plaignantes partout, même au tribunal.

Le cas de cette femme enlevée et séquestrée quelque part à Kenscroff ne la laissa pas indifférente. Elle essaya de trouver le plus d'indices possible pour les transmettre aux autorités policières et leur permettre de mener leur enquête à bien. Yolande avait pour objectif de permettre à cette femme de recouvrer sa liberté et de faire payer au malfaiteur le prix de son méfait.

Florence profita de la fin de semaine pour se rendre à Kenscoff, accompagnée de sa fille. Madame Victor ne partageait pas du tout son enthousiasme et avait du mal à accepter l'idée qu'elle pourrait un jour la quitter, mais Florence voulait absolument établir le contact entre les deux enfants et présenter Sandy à Patrick.

— Florie, crois-tu qu'il soit vraiment nécessaire d'emmener Sandy avec nous? Je pense que c'est encore trop tôt!

— Écoute maman, Sandy devra vivre sous le même toit que Patrick et son fils et il vaut mieux l'y habituer au plus vite, tu comprends?

— Ne sois pas si défensive, Florie. Si je te parle de la sorte, c'est parce que je redoute de rester seule. Je commence à vieillir et je n'ai plus beaucoup de force.

Touchée par la tristesse que ressentait sa maman, Florence se radoucit.

— Maman, je n'ai pas du tout l'intention de t'abandonner. Je t'aime beaucoup. Écoute, j'ai promis à Patrick de revenir vite. Cela fait quinze jours que je suis ici. Je reviendrai te voir souvent, je t'en donne ma parole!

— Je ne te reconnais plus ma Florie. Qu'est-ce que cet homme a bien pu te faire pour te transformer ainsi?

— J'ai vraiment changé maman? Dis-moi comment!

— Tu es rayonnante de joie, mais je n'occupe plus la place que j'occupais dans ton cœur.

— Ma petite maman, sache une fois pour toute que même si j'ai changé, rien ni personne ne pourra remplacer l'amour que j'ai toujours eu pour toi. Rien ni personne ne prendra ta place dans mon cœur. Il y a cependant une place dans mon cœur qui est restée vide depuis que ce salaud m'a abandonnée dès qu'il a su que j'étais enceinte. J'ai beaucoup souffert et si tu n'avais pas été là pour moi, je ne m'en serais jamais remise. C'est cette place-là que Patrick vient d'occuper, pas la tienne. Aujourd'hui, je suis heureuse et ce vide est largement comblé.

Madame Victor ouvrit tout grand ses bras dans lesquels Florence vint se réfugier. Elle lui souhaita tout le bonheur du monde dans sa nouvelle vie.

Pendant l'absence de Florence, Sandy s'était beaucoup attachée à sa grand-mère. Madame Victor dut intervenir pour que Sandy puisse s'habituer à l'idée de se séparer d'elle, ne fut-ce qu'un instant.

— Ta maman va t'emmener demain visiter quelqu'un. Il faut que tu sois gentille et que tu ne pleures pas.

— Arrête grand-maman, je ne suis pas un bébé lala!

— C'est vrai, tu es une grande fifille maintenant.

— Tu sais grand-maman, Florence est aussi mon amie.

— Je sais, ma chérie.

Florence protesta tendrement.

— Je ne suis pas seulement ton amie, je suis aussi ta maman.

— Est-ce que grand-maman va aussi venir avec nous?

Ce fut la grand-mère qui s'empressa de répondre.

— Je vais rester gentiment à la maison pour vous attendre, toi et ta maman. Tu me rapporteras quelque chose, ma petite?

Sandy secoua affirmativement la tête.

— Du sapibon et des surettes?

— Je t'achèterai tout ce que tu voudras, grand-maman, je te promets.

Le lendemain, madame Victor les accompagna jusqu'au taxi qui devait les déposer à la station de Piétonville. Elle leur souhaita un bon voyage et rappela à la petite de lui rapporter plein de douceurs.

— Grand-maman, je t'apporterai un gros cheeco plein de surettes et aussi du sapibon.

— D'accord, ma chérie, sois sage.

Comme tous les enfants du monde et sans la moindre difficulté, Sandy et Peterson se mirent à jouer dans le jardin sous l'œil attentif des parents assis sous un grand parasol, autour d'une table ronde, non loin d'eux. Il n'y eut pas de chicane. Peterson était généreux et ne rechignait pas de partager ses jouets avec Sandy. Il adorait l'entendre parler, car sa façon de prononcer certains mots le faisait rire à pleine gorge. Cela ne manquait pas de surprendre les deux adultes qui les surveillaient.

— Ces deux-là ont l'air de bien s'entendre! Regarde-les, Florie.

Elle se contenta de sourire, mais son esprit était ailleurs.

— Patrick, pourquoi as-tu dit à Sandy que tu étais son père?

— Ne le suis-je pas? Ne suis-je pas assez bien pour être son papa?

— Non, ce n'est pas ce que je voulais dire. Je voulais simplement savoir si tu le penses vraiment.

— Absolument. Dès que nous serons mariés, elle portera mon nom, si bien sûr tu ne t'y opposes pas.

— Tu plaisantes, j'espère. Tu es un très bon père. C'est ce que j'ai remarqué en premier chez toi. Je t'aime, Patrick et des pères aussi attentifs que toi ne se trouvent pas à tous les coins de rue. Je te donne l'exemple du père de Sandy. Nous nous aimions beaucoup et nous formions le couple idéal. Dès qu'il a su que j'étais enceinte, il s'est transformé en un être ignoble et méprisable.

— Si je le rencontre un jour, dit Patrick, je lui casserais la figure!

— Calme-toi, mon amour, il n'en vaut pas la peine. Tu vaux beaucoup mieux que lui.

— Florence, ma chérie, faut-il attendre encore longtemps avant de pouvoir nous marier?

— Il y a beaucoup à faire, un mariage, ça se planifie! C'est quelque chose qui ne va se produire qu'une seule fois dans ma vie.

— Alors, prépare-toi vite, parce que j'ai hâte d'entendre les domestiques t'appeler madame Patrick.

— Si c'est ça la raison de ton empressement, alors j'ai tout mon temps pour penser aux préparatifs, dit-elle en plaisantant.

— Ne te moque pas de moi, ma chérie, j'ai surtout hâte que tu sois mienne. Je crains que tu ne changes d'avis à la dernière minute. J'en mourrais.

— N'ai crainte, je ne souhaite qu'une chose, c'est de vivre à tes côtés, mon amour. Je ne changerai jamais d'avis. Tu es tout mon univers. Je t'aime tellement!

Elle lui serra très fort les mains comme pour le rassurer. À son tour, il déposa un doux baiser au creux de sa main.

Ils restèrent là à contempler les enfants qui jouaient et à former ensemble de beaux projets d'avenir. Ils parlèrent surtout de leur nouvelle famille. Peterson aura la mère qu'il n'a jamais cessé de réclamer et Sandy aura le père qu'elle n'a jamais connu.

Patrick commençait à se remettre lentement de sa blessure. Le mariage était prévu dans deux mois environ parce que Florence tenait absolument à se marier à l'Église. Patrick n'avait pas encore rencontré sa future belle-mère parce qu'il craignait de se faire remarquer par la police. Encouragé par Florence qui rendait visite à sa mère toutes les fins de semaine, Patrick se laissa convaincre de se rendre à Port-au-Prince où résidait madame Victor. Ils décidèrent de prendre le transport en commun. Après s'être rendu à Pétionville, ils attendirent l'autobus pendant plus de deux heures qui parurent une éternité à Patrick. Il avait peur de se faire reconnaître et voulait retourner à la maison le plus vite possible. Florence ne se laissa pas faire et ils arrivèrent finalement à destination.

Sandy leur réserva un accueil enthousiaste.

— Youpi! Voilà papa!

Elle lui sauta au cou. Patrick la prit dans ses bras et l'embrassa affectueusement. Elle était tellement heureuse. Pour la première fois de sa vie, son papa était avec elle, à la maison. Elle en oublia sa maman qui lui adressa un tendre reproche :

— Alors, jeune fille, on oublie sa petite maman? Allez, fais-moi un gros bisou, ma chérie.

Toujours dans les bras de Patrick, Sandy ébouriffa les cheveux de sa maman de sa petite main et lui donna un bisou.

Madame Victor introduisit son futur gendre dans son petit salon d'allure modeste.

Elle le questionna sur les sentiments qu'il éprouvait à l'égard de sa fille. Elle lui parla de son défunt mari, de sa foi en Dieu et de sa perception du mariage. Finalement, elle lui fit part de ses inquiétudes concernant ses démêlés avec la justice.

Durant tout ce temps, Sandy ne quitta pas les genoux de Patrick. Madame Victor ne pu s'empêcher de remarquer.

— Décidément, vous avez réussi à me voler mes deux filles. Elles sont toutes deux amoureuses de vous!

— Je suis flatté d'être aimé par ces deux anges, mais rassurez-vous, cet amour est partagé. Je suis fou d'elles. Si seulement je pouvais me faire aimer par la troisième dame de la famille...

— Je n'ai rien contre vous, mais comme vous savez, il faut laisser le temps au temps. Pour le moment, cessez de m'appeler madame Victor. Je me nomme Adrienne et mes enfants m'appellent Adoue, alors appelez-moi Adoue, je vous prie.

— Avec plaisir, Adoue.

Pendant ce temps, Florence courut à l'épicerie du Champ de Mars, non loin de la maison, pour acheter des boissons et de quoi préparer un copieux déjeuner en l'honneur de son fiancé, étant donné qu'il passait toute la journée avec eux. Elle franchit la porte, prit un panier et acheta ce dont elle avait besoin. En sortant de l'épicerie, elle s'aperçut qu'une femme qui se tenait non loin l'observait attentivement.

— Bonjour. Je m'excuse, vous ne vous souvenez pas de moi? dit l'inconnue.

Celle-ci tendit une main que Florence serra avec froideur.

— Non, je ne me souviens pas de vous, je suis navrée.

— Nous nous sommes rencontrées à Bojeux, lors d'une journée récréative pour les enfants. Vous vous appelez Florence, n'est-ce pas?

— Vous faites erreur, Madame, c'est la première fois que je vous vois.

— Je n'en suis pas si sûre. Je m'appelle Yolande Thermitus. Je suis secrétaire générale d'une organisation pour la défense des droits de la femme. Vous m'avez demandé de vous aider, vous vous souvenez?

— Absolument pas! Je ne comprends rien à votre histoire.

— Vous mentez. Je veux savoir si vous êtes arrivée à vous échapper.

Florence essaya de la contourner pour s'éloigner d'elle.

— Ne vous sauvez pas! Tout ce que je veux, c'est coincer le salaud qui vous a enlevée!

— Écoutez, Madame, je ne sais vraiment pas de quoi vous parlez. Vous devez me confondre avec quelqu'un d'autre. Maintenant, s'il vous plaît, laissez-moi passer, je suis pressée.

Sur ce, elle poursuivit son chemin d'un pas leste. À la hauteur de la Promobank, elle jeta un coup d'œil en arrière pour voir si elle n'était pas suivie. Elle remonta la rue Lalue et prit la direction du poste-marchand. Au carrefour de la rue Lamarre, elle s'arrêta. Même sans se retourner, elle savait qu'elle était encore suivie. Elle se dissimula dans un corridor qui se trouvait entre l'École Dominique Savio et le barbier et y resta quelques instants. Le danger passé, elle regagna sa maison, mais préféra entrer par la porte de derrière qui était fermée. Elle frappa. Sa mère s'excusa auprès de son invité et se précipita ouvrir la porte.

Devant le visage terrifié de sa fille, elle s'empressa de la faire rentrer et lui demanda :

— Que se passe-t-il? As-tu rencontré le diable?

— Non, non, maman. Je t'expliquerai. En attendant, retiens Patrick un peu jusqu'à ce que je me refasse une beauté.

Sa maman retourna vers le salon sans dire un mot. Florence respira profondément pour calmer les battements de son cœur qui battait la chamade. Elle afficha sur son visage son plus beau sourire et rejoignit son fiancé au salon.

— Tu m'as laissé seul trop longtemps, dit Patrick. Viens t'asseoir à mes côtés.

— Excuse-moi, mon amour, il fallait que j'aille acheter de quoi manger. Nous rentrerons en fin d'après-midi et entretemps nous allons tous avoir faim.

— Tu as raison, chérie, je ne pense qu'à moi.

Elle se sentit tout à coup affreusement coupable. Elle quitta le canapé pour s'asseoir sur ses genoux. Elle l'entoura de ses bras, le serra de toutes ses forces et finit par fondre en larmes.

— Florie, que se passe-t-il?

— Rien, je t'assure, rien.

Il lui prit le visage dans les mains et plongea son regard dans le sien.

— Si rien ne s'est passé, explique-moi pourquoi tu pleures. Explique-moi aussi pourquoi tu es rentrée par la porte arrière.

Le visage en larmes, le cœur plein de remords, elle lui raconta ce qui s'était passé. Elle murmura en essayant d'étouffer ses sanglots :

— Pardonne-moi, mon chéri. C'est moi la fautive. J'aurais dû t'écouter.

Il lui caressa tendrement le visage.

— Écoute-moi bien, chérie, et arrête de pleurer, tu vas abîmer tes beaux yeux. Tu n'as rien fait de mal. Ni toi ni moi ne pensions tomber amoureux l'un de l'autre. Je t'aime, ma Florie, et je ne regrette rien de ce qui s'est passé entre nous, même si je devais le payer au prix de ma vie.

— Ne parle pas ainsi. Je prierai pour que rien ne t'arrive. Je te veux toujours à mes côtés. Je t'aime et tu es désormais le centre de mon univers.

Ils échangèrent un long baiser comme pour puiser l'un dans l'autre le réconfort dont ils avaient tant besoin.

Ils prirent le chemin du retour, remplis d'inquiétude, mais se rendirent chez eux sans incident. Depuis ce jour, ce fut avec beaucoup de prudence qu'ils se déplacèrent pour se rendre visite.

Yolande, de son côté, fit à son travail un rapport complet au sujet de sa rencontre avec Florence et en fit de même aux autorités policières.

Elle reçut quelques jours plus tard la visite de son amie Varda. Elles en discutèrent aussi, mais leurs opinions divergeaient.

— À mon avis, Yolande, pour une personne qui a besoin d'aide, son attitude ne laisse aucun doute. Tu lui as proposé ton aide et elle n'avait aucune raison de la refuser. Tu t'es carrément trompée de personne. Reconnais-le!

— Non, je suis persuadée qu'elle mentait. Tu aurais dû être là pour voir l'expression de son visage. J'ai pensé qu'elle allait s'évanouir. Je suis sûre que c'était bien elle.

— Admettons que ce soit vrai. Tu vois bien qu'elle était libre puisqu'elle faisait toute seule ses achats.

— Elle n'est pas vraiment libre si elle continue de subir des menaces.

— Et qui te dit justement qu'elle en subit? Je comprends très mal ton acharnement à voir tout en noir.

— Elle n'avait pas besoin de me dire quoi que ce soit. Je pouvais tout lire sur son visage. L'expression de son visage ne mentait pas! C'est mon travail de protéger les femmes de la violence.

— Tu veux un conseil, Yolande? Rappelle-toi que tu as deux adorables petites filles qui ont besoin de toi. Tu risques de t'attirer des ennuis. Laisse tomber cette affaire. Pourquoi veux-tu absolument remonter jusqu'à Patrick?

— Je n'abandonnerais que si tu consentais à lui passer un coup de fil. Je veux être rassurée sur le sort de cette femme.

— Si tu me promets d'abandonner, je passe un coup de fil immédiatement.

— C'est vrai? Alors, c'est promis, juré!

Elle déposa un baiser sonore sur chaque joue de Varda. Celle-ci composa immédiatement le numéro de Patrick.

— Allo!

— Patrick! Je suis contente de t'avoir rejoint. Comment vas-tu?

— Varda?

— Tu as l'air surpris! Je te dérange?

— Non, pas vraiment. Mais après tout ce temps, j'avoue que je ne m'y attendais pas.

— Je voulais m'assurer que tu vas bien. De nombreux bruits courent à ton sujet. Tu sais que c'est dans l'adversité qu'on reconnaît ses vrais amis. En fait, après la façon dont tu t'es comporté avec moi la dernière fois, je comprends que tu sois surpris de m'entendre. Il ne fallait pas réagir de la sorte. C'est elle que tu as choisie et je ne suis pas jalouse, tu sais?

— J'espère qu'il n'est pas trop tard pour m'excuser. J'ai agi comme un rustre.

Florence, qui se tenait à ses côtés, lui jeta un regard jaloux. Il déposa un baiser sur sa joue pour la rassurer et lui murmura à l'oreille :

— Ne t'inquiète pas, mon amour.

Varda avait entendu les mots murmurés.

— Je te dérange, apparemment!

— Non, pas du tout. Ma fiancée n'est pas jalouse. Elle me fait confiance.

— Est-ce que c'est la femme que tu m'as présentée au parc, la dernière fois?

— Oui.

— Elle est très belle, tu sais. Es-tu heureux?

— Oui. En fait, je baigne dans le bonheur.

— C'est pour me rendre jalouse que tu parles ainsi?

— Absolument pas. Si je ne te connaissais pas si bien, je ne t'aurais jamais parlé aussi franchement.

— Merci, Patrick, j'apprécie beaucoup.

— Je souhaite que toi aussi puisses connaître le bonheur.

— Que Dieu t'entende!

Yolande lui donna un grand coup de coude dans les côtes.

— Dis-lui que tu veux les rencontrer tous les deux!

— Allo!

— Oui, Patrick, je suis toujours là. As-tu l'intention de m'inviter à ton mariage?

— Bien entendu!

— J'attends l'invitation. Il n'est pas question que je manque une occasion pareille!

— Je n'y manquerai pas, ma chère.

— Bon, je te laisse maintenant.

Yolande lui murmura tout bas.

— Dis-lui que tu veux les rencontrer avant le mariage.

— Patrick, peut-on se rencontrer avant le mariage?

— As-tu encore un penchant pour moi?

— Non, je veux vous voir tous les deux et vous féliciter.

— Dans ce cas, je vais arranger une rencontre. Nous prendrons rendez-vous.

— Tu promets de m'appeler, hein?

— Promis.

— Merci. Je ne te retiens plus. Au revoir.

Varda raccrocha, tout irritée, et se tourna vers Yolande.

— Voilà, tu es contente, maintenant?

— Merci, je savais que je pouvais compter sur toi.

— Oui, oui, comme toujours. Tâche de ne plus rien me demander. Tu vois maintenant que la femme que tu as rencontrée tout récemment n'est pas celle que tu prétends.

— Attends de la rencontrer avant de tirer des conclusions!

— Qu'est-ce que tu mijotes encore Nicole?

— Mais rien du tout!

— Ne compte pas sur moi pour te conduire jusqu'à Patrick.

— Je n'avais aucunement l'intention de te le demander. Tu es trop susceptible, ma chère!

Patrick préféra annoncer la date de son mariage entouré de sa famille seulement. Il appela sa sœur et l'invita à dîner et pria Florence d'ammener sa mère et sa fille. C'était autour de la table, pendant le dîner, qu'il leur communiquera la date de l'heureux événement.

Étant donné les circonstances, il renonça à la tradition qui voulait que ce genre de réunion se fasse chez la future mariée.

Sa sœur arriva la première, accompagnée de son mari. Vu l'état de leurs relations, Patrick ne cacha pas sa surprise en le voyant. Il lui souhaita quand même la bienvenue.

— Pour une surprise, c'en est une!

— Même si tu as omis de m'inviter, Patrick, j'ai jugé bon de partager avec toi ce moment solennel. En plus, il fallait bien que j'accompagne mon épouse!

— Tu n'as besoin d'aucun prétexte pour venir ici. Tu es toujours le bienvenu.

Rachelle les rejoignit, anxieuse de connaître la réaction de Patrick en présence de son beau-frère. Patrick était tout souriant.

— Merci, Rachelle, pour cette agréable surprise.

— J'avais tellement peur que tu te fâches, Patrick!

— Et pourquoi donc? J'ai retrouvé mon bon et vieil ami. N'oublie pas qu'il était déjà mon ami avant de devenir ton mari et que c'est grâce à moi que tu l'as connu, dit-il pour la taquiner.

— Tu n'as pas besoin de me le rappeler, tu sais, je ne suis pas ingrate, mon cher!

Patrick ne put se retenir de lancer une flèche à son beau-frère en faisant allusion au renflement du ventre de Rachelle.

— Enfin, tu es devenu un homme. Regarde dans quel état tu l'as mise, la pauvre!

Ils éclatèrent de rire et se donnèrent une bonne accolade.

En attendant les autres invités, Patrick et Florence se retirèrent pour se préparer.

Patrick opta pour une veste en tweed de Giorgio Armani. Florence porta son choix sur une robe décolletée à bretelles en douce mousseline qui moulait son corps comme une deuxième peau. Elle acheva de s'habiller et se rendit à la chambre de Peterson pour lui demander son opinion sur sa parure. À sa grande surprise, elle se trouva face à face avec Patrick.

— Mais qu'est-ce que tu fais là, toi? Je ne m'attendais pas à te voir ici!

— Qu'est-ce que tu fais là, toi aussi? Et d'abord, dis-moi comment fais-tu pour être si belle!

— Je suis venue prendre l'avis de Peterson sur ma robe.

— Dis donc, quel honneur! Qu'en penses-tu fiston?

Peterson resta la bouche grande ouverte, incapable d'articuler une seule parole. Finalement, il réussit à dire :

— J'en ai le souffle coupé. Tu es trop belle!

Patrick vint se placer aux côtés de Florence et passa son bras autour de ses épaules.

— Alors, fiston, comment me trouves-tu à côté de cette beauté?

— Pas mal, répondit Peterson d'une voix malicieuse.

— C'est tout ce que tu trouves à dire? Quel culot!

Florence s'empressa de voler à son secours.

— Il voulait dire que tu es impeccable.

— En tout cas, tu es envoûtante ce soir.

Il s'approcha d'elle pour l'embrasser. Elle le stoppa net dans son élan.

— Tu vas abîmer mon maquillage!

Lorsque tous les invités arrivèrent, ils se mirent à table.

Le dîner se déroula joyeusement. Ils échangèrent des plaisanteries et rirent tous de bon cœur.

Marie Marthe était restée pour assurer le service. Elle virevoltait parmi les invités comme une toute jeune fille.

Au moment d'annoncer la date du mariage, la petite Sandy s'endormit. Florence voulut elle-même la mettre au lit, mais à la protestation générale ce fut la grand-mère qui s'en chargea. Lorsqu'elle retourna prendre sa place, Patrick se leva et annonça la fameuse date à tous les invités. Il sortit de sa veste un petit coffret à bijou qu'il ouvrit sous les yeux de sa fiancée. En voyant la bague, Florence poussa un petit cri joyeux qui réveilla la curiosité de tous.

— Je la trouve merveilleuse, Patrick. Tu as beaucoup de goût!

Les invités admirèrent la bague un après l'autre.

— Laisse-moi la passer à ton doigt, dit Patrick.

Après l'avoir fait, Patrick lui chuchota à l'oreille.

— Maintenant que tout le monde a admiré ta beauté, je pense que tu n'as plus peur pour ton maquillage.

Elle lui tendit ses lèvres entrouvertes sur lesquelles il déposa un léger baiser qui se transforma rapidement en un baiser passionné.

Dans son temps, madame Victor n'aurait jamais embrasser un homme devant sa maman. Devant sa gêne évidente, Rachelle et son mari s'amusèrent à chanter tout haut pour faire revenir sur terre les deux amoureux.

Le dîner terminé, chacun regagna sa chambre. Patrick et Florence se retrouvèrent seuls sur la véranda pour terminer leur soirée de fiançailles.

— Mon chéri, je vais te poser une question et je veux que tu réfléchisses avant de me répondre. Es-tu encore hanté par le souvenir d'Astride.

— Plus maintenant répondit Patrick. Tu as accompli ce qu'elle n'a pas réussi à faire. Tu m'as complètement transformé. C'est une véritable métamorphose.

— Laquelle de nous deux aimes-tu davantage?

— Ne sois pas jalouse, ma chérie. Je l'ai aimée éperdument, mais grâce à l'amour que tu me portes, sincère et sans limites, je ne pense plus qu'à toi. Tu es une véritable magicienne, ma fée à moi.

Ces derniers mots furent prononcés dans un murmure. Il la fit tournoyer pour lui faire face. Elle déposa un doux baiser sur sa chemise, à l'endroit de son cœur, et Patrick la serra très fort dans ses bras. Il lui caressa doucement, tendrement le visage, le cou... Elle entreprit d'ouvrir les boutons de sa chemise. Il fit courir ses doigts magiques le long de son dos, dessina le contour de ses hanches, pétrit ses fesses magnifiques. Elle couvrit son torse découvert de tendres baisers, puis sa langue savante vint se poser sur les petites pointes qu'elle mordilla délicatement. Elle se cambra pour mieux s'offrir à lui et le taquina en collant son corps sur sa virilité, ce qui lui fit perdre tout contrôle.

— As-tu l'intention de passer la nuit sur la véranda?

— Non, non. Cette fois, c'est moi qui t'emmène dans mon lit.

— J'en suis très honoré, Mademoiselle.

Installés dans la chambre, ils reprirent leurs caresses là où ils les avaient laissées. Ils s'aimèrent toute la nuit, puis s'endormirent épuisés dans les bras l'un de l'autre.

C'est à son travail à la Banque Inter-Caraïbe que Varda reçut la carte d'invitation, deux semaines après les fiançailles. Elle composa sur-le-champ le numéro de son ex-amant.

Patrick dormait encore quand le téléphone sonna et ce fut Florence qui répondit.

— Bonjour, que puis-je faire pour vous?

— Puis-je parler avec Patrick?

— Je crains que cela ne soit pas possible. Il dort encore.

— À cette heure!

— Je vous demande pardon!

— Voulez-vous lui dire, quand il se réveillera, que Varda l'a appellé?

— Attendez, attendez, il se réveille.

Un court instant plus tard, Florence reprit le combiné.

— Allô! Il me fait dire qu'il vous rappellera dans deux heures environ, le temps de prendre un bain et le petit déjeuner.

— Merci. Demandez-lui de me rappeler à la banque.

— D'accord. Au revoir.

En quittant son travail, Varda se rendit directement chez Yolande.

— Bonjour les filles! Comment allez-vous? Allez, un gros bisou pour tatie Varda.

— Bonjour tatie Varda, s'exclamèrent les filles en chœur en venant l'embrasser tour à tour.

— Yolande, où es-tu? Viens vite! Je meurs de faim et de fatigue. Je ne suis pas capable de faire un pas de plus.

Elle se laissa tomber sur une chaise et ôta ses chaussures à talons.

— Qu'est-ce que tu nous as apporté, tatie Varda?

— Je ne vous ai rien apporté cette fois-ci, mes petites chéries. Toi, dis à maman de m'apporter un grand verre d'eau fraîche, je meurs de soif.

Yolande arriva enfin, avec un grand verre d'eau et un gros sourire pour son amie.

— Merci, ma grande, tu me sauves la vie.

Elle vida tout le contenu du verre et en demanda un autre.

— Mais, ma parole, tu as mangé du *ti salé* ou quoi?

— Yolande, si tu ne veux pas que je meure tout de suite, apporte-moi quelque chose à manger.

— Qu'est-ce qui se passe? C'est la première fois que je te vois aussi affamée. Depuis quand n'as-tu pas mangé?

— Je n'ai pas quitté le bureau de la journée. J'avais une pile de dossiers à régler.

— Pourquoi te punis-tu comme ça, as-tu des problèmes?

— Non, j'ai simplement trop de travail.

— D'accord, mon enfant, je vais te donner quelque chose à manger. Viens, ma petite!
— Non, je ne bouge pas d'ici. Tu m'apportes ce que tu veux ici.
— C'est quoi cette attitude! Décidément, tu m'inquiètes. Allez, allez, dis-moi ce qui ne va pas. Je suis ton amie et tu peux tout me dire.
— Il faut que je mange d'abord.
— D'accord, je reviens.

Après s'être rassasiée, Varda lui raconta les événements de la journée et lui confia à quel point le mariage de Patrick la tourmentait. Elle omit volontairement de lui dire que Patrick ne lui avait pas retourné son appel.

— Écoute, Varda, si tu ne te sens pas capable d'assister à ce mariage, tu n'as qu'à ne pas y aller.
— Que Patrick se marie avec une autre femme ne me dérange pas du tout. Il y avait bien sûr une certaine attirance entre nous, mais j'étais surtout éblouie par sa richesse. Cependant, je suis déchirée. D'un côté, je suis heureuse pour lui et de l'autre côté je suis jalouse de son bonheur. Tu comprends ce qui se passe dans ma tête?
— Non, je ne te suis pas du tout. Si tu veux que je comprenne, explique-toi plus clairement.
— Bon. J'ai l'impression d'être rejetée comme une vieille chaussette.
— D'après ce que tu m'as dit sur tes relations antérieures, je ne vois pas comment tu te sens rejetée.
— Je l'ai appelé ce matin. Il m'a dit qu'il allait me rappeler dans deux heures et il ne l'a pas fait.
— On ne sait jamais, il a peut-être une bonne excuse. Appelle-le, pour en avoir le cœur net.

Varda composa immédiatement le numéro de Patrick.

— Allô! Patrick?
— Oh! Varda. Excuse-moi, je t'ai complètement oubliée.
— Tu m'as déjà oubliée! Je croyais que c'était ta fiancée qui

avait inventé toutes sortes de choses à mon sujet pour se débarrasser de moi.

— Mais non, voyons, tu te trompes. Elle est incapable d'agir de la sorte. C'est un ange!

— J'espère que tu dis la vérité.

— Je dis la vérité. C'est moi le coupable. Je te prie de me pardonner.

— Je te pardonne.

— As-tu reçu ma carte d'invitation?

— Oui, c'est pour ça que je t'ai appelé ce matin. Bravo! Très bon choix. Elle a de la classe.

— Merci. Ce compliment revient à ma fiancée. C'est elle qui a tout fait.

— Hum! Est-ce qu'elle est près de toi?

— Non, elle est dans sa chambre.

— Vous n'attendez pas le mariage pour vivre ensemble?

— Elle ne vit pas exactement avec moi, mais on ne peut pas se passer l'un de l'autre.

— Patrick, dis-moi quand je peux venir te voir. De cette façon, je la complimenterai moi-même.

— Je dois la consulter avant de décider de la date. Je t'appellerai.

— Tâche de ne pas oublier cette fois! À bientôt.

Le rendez-vous fut fixé à l'occasion de l'anniversaire de la petite Sandy qui fêtait ses trois ans. Patrick proposa de passer prendre Varda près de la place Saint Pierre.

Yolande proposa d'accompagner Varda jusqu'au lieu du rendez-vous, dans l'intention de la suivre discrètement jusqu'à Kenscoff. Varda accepta de bonne grâce. L'idée d'appeler la police pour arrêter Patrick sur-le-champ lui effleura l'esprit, mais elle y renonça.

La réunion se déroula dans une atmosphère de fausse gaieté compte tenu du nombre restreint d'invités et le fait que Varda était la seule ne faisant pas partie de la famille.

Après le départ des invités, Jules fit part de son anxiété à son patron.

— M. Patrick, cette demoiselle Varda ne m'inspire pas confiance. J'ai eu aussi l'impression d'être suivi.

— Pourquoi dis-tu ça?

— Parce qu'une voiture ne nous a pas lâchés d'une semelle. Comme c'était une femme qui conduisait, j'en ai déduit que peut-être elle cherchait une adresse quelconque. En tout cas, je ne suis pas très rassuré.

— Ne t'en fait pas, Jules, peu de gens connaissent cette maison.

Une fois seul, Patrick se sentit envahi par une immense lassitude. Il avait le pressentiment que quelque chose allait arriver à sa famille et que c'est lui qui en serait responsable. Il pensait surtout à celle qui allait devenir sa femme dans moins d'une semaine.

Voulant s'isoler de tout et de tout le monde pour réfléchir, il choisit un coin isolé de la maison.

— Les enfants, avez-vous vu papa?

Sandy secoua négativement la tête. Patrick ne l'avait pas vu depuis un bon bout de temps.

Florence arpenta les marches du grand escalier pour se rendre à la chambre de Patrick. La porte était entrouverte, il n'y était donc pas. Elle redescendit aussitôt, légèrement inquiète. Elle croisa Marie Marthe sur son chemin.

— Marie Marthe, as-tu vu Patrick?

— Non, madame Florence.

Elle le chercha partout. Elle le trouva enfin près de la chambre des domestiques, assis sous un grand arbre.

— Je t'ai cherché partout! Tu ne m'as pas entendu?

— Oui, j'ai bien entendu, mais je voulais rester seul un moment.

— Je te dérange, si je comprends bien.

— Ne dis pas ça, ma chérie.

— Je sens que je te dérange. Avant de te laisser, j'aimerais savoir ce qui ne va pas.

— Rien en particulier. Je n'aimerais pas te faire souffrir, tout simplement.

— Tu veux tout laisser tomber, si je comprends bien.

— Non, ma chérie, viens t'asseoir près de moi.

Elle s'assit sur ses genoux.

— Florie, sache que pour rien au monde, je ne renoncerai à toi, mais quelque chose de terrible pourrait m'arriver et je crains que tu en aies à souffrir.

— Me caches-tu quelque chose?

— Non. Je veux simplement que tu te prépares à toute éventualité.

— Patrick, sache que je t'aimerai toujours, quoi qu'il arrive. J'ai aussi hâte de devenir ta femme, peu importe si je devais perdre ma liberté ou même ma vie.

Elle appuya sa tête contre son torse. Ils restèrent ainsi un long moment sans parler. Patrick rompit brusquement le silence.

— Florie, je veux que tu me promettes quelque chose.

— Tes désirs sont des ordres, mon amour. Tout ce que tu voudras.

— Promets-moi, quoi qu'il arrive, que tu prendras soin de Peterson et aussi de Rachelle. Ces deux personnes constituent ma seule famille, d'autant plus que Rachelle attend un enfant qu'elle a désiré pendant des années.

Il prononça ces paroles d'une voix brisée. Elle ne pouvait répondre, étouffée par les larmes.

— Tu me le promets, ma chérie?

— Oui, mon chou, je te le promets. Je te promets aussi d'être toujours à tes côtés, quoi qu'il arrive.

— Merci, mon ange. Maintenant, va rejoindre les enfants, j'ai besoin de rester seul.

Elle se releva. Il lui donna une petite tape sur les fesses. Elle lui sourit à travers ses larmes et le quitta.

Le lendemain, Varda appela Yolande de son bureau.

— Yolande! C'est toi?

— Oui, ma grande. Comment vas-tu? Comment s'est passée ta visite chez Patrick? Allez, allez, raconte!

— C'était bien, une petite fête d'anniversaire, rien d'extraordinaire.

— Parle-moi de sa fiancée.

— C'est celle que nous avons rencontrée au parc. Elle est belle comme une madone et gentille comme un ange. Patrick en est follement amoureux.

— Tu admets maintenant que j'avais raison?

— Je n'admets rien du tout. Peut-être que la personne que tu as rencontrée à l'épicerie n'est pas la fiancée de Patrick. En tout cas, ma chère, que ce soit elle ou pas, elle n'avait rien d'un otage. Elle ressemblait plutôt à une fée qui donnait la joie à tous ceux qu'elle touchait de sa baguette magique.

— Oui, une fée, mon œil! En tout cas, je te laisse.

— On se revoit quand?

— Je ne sais pas. Il me reste encore beaucoup à faire. Je t'appelle.

Yolande était déchirée à l'idée de livrer Patrick à la police, maintenant qu'elle connaissait sa cachette. Laisser cet homme en liberté, c'était encourager l'impunité, mais d'autre part, le faire incarcérer, c'était détruire le parfait bonheur dans lequel semblait nager Patrick.

Elle partagea son embarras avec Varda. Celle-ci n'y alla pas par quatre chemins.

— Pourquoi t'obstines-tu à te mêler de choses qui ne te regardent pas? Personne ne t'a fait de mal. C'est la responsabilité de la police, pas la tienne!

— Chaque citoyen se doit de participer aux affaires du pays et d'aider la police dans son travail, rétorqua Yolande.

— Transformer le bonheur en cauchemar, tu appelles ça aider son pays? Et d'abord, comment vas-tu t'y prendre pour le faire coincer? Sais-tu où il demeure?

— Bien sûr. Je t'ai suivie la dernière fois et je suis capable d'y aller les yeux fermés.

Varda laissa exploser sa colère et son indignation.

— Tu as osé te servir de moi pour arriver à tes fins! Moi qui croyais à ton amitié!

— Écoute, cocotte, je veux que tu comprennes que cet homme doit payer pour tout le mal qu'il a fait.

— Qui es-tu pour te permettre de juger les autres? Tu dois comprendre de ton côté que le fait de travailler pour une organisation féministe ne fait de toi ni un juge, ni un détective et encore moins un représentant de la loi. J'ai la nette impression que tout est confondu dans ta tête.

— Tu peux te montrer grossière, rien ne m'empêchera de le faire arrêter.

— Tu es une malade mentale. J'aurai dû m'en douter. Je vais le prévenir pour qu'il se sauve.

— Je te ferai emprisonner à sa place sans la moindre hésitation, ma chère.

— Tu ne me fais pas peur. Ôte-toi de mon chemin. Une dernière chose, je te conseille de surveiller tes arrières!

La belle amitié entre les deux femmes se termina sur cette triste note.

Yolande était plus que jamais déterminée à faire arrêter Patrick. Elle avait maintenant une raison personnelle de le faire, cet ignoble individu venait de lui faire perdre sa meilleure amie.

Elle se promit de contacter la police le lendemain, étant donné qu'aujourd'hui sa journée était bien chargée.

Varda, de son côté, se rendit directement chez Patrick. Elle le rencontra dans le salon.

— Tiens, tiens, qu'est-ce que tu fais là? Tu aurais pu me prévenir avant de venir comme ça à l'improviste!

— Je suis venu pour te dire qu'il faut que tu quittes cette maison le plus vite possible. Je peux te déposer dans un endroit sûr et puis tu quitteras le pays.

— Je n'ai pas du tout l'intention de me sauver, ni d'abandonner cette maison ni les miens, dit Patrick.

— Tu dois le faire sans plus tarder. Demain, il sera trop tard. Quelqu'un est sur le point de te dénoncer à la police.

À cet instant précis, Florence entra dans le salon.

— Bonsoir Varda. Que se passe-t-il?

— Patrick doit quitter la maison immédiatement et tu dois m'aider à le convaincre.

— Est-ce que tu réalises ce que tu es en train de me dire? Je me marie dans moins d'une semaine et rien ne m'empêchera de le faire, dit Patrick.

Florence restait figée, sans aucune réaction, ce qui obligea Varda à persévérer pour les prévenir du danger.

— Patrick, tu sais très bien que tes bonnes intentions de changer ta vie ne te sauveront pas des griffes de la justice.

Devant l'air incrédule du couple, elle poursuivit.

— Écoutez bien. En venant ici l'autre jour, j'ai été suivie par une femme qui prétend avoir rencontré Florence au parc, que celle-ci lui a fait part de ses problèmes et qu'elle lui a demandé de la secourir.

— C'est vrai, dit Florence toute confuse, je l'ai aussi rencontrée au Champ de Mars. J'ai nié être la même personne, mais elle ne m'a pas cru.

Tout devint clair dans l'esprit de Patrick qui se rappela l'avertissement de Jules.

— C'est donc madame Yolande qui veut ma peau!

— Je suis navrée de t'avoir mis dans ce pétrin, Patrick, dit Florence.

— Et moi, quand je pense que c'est à cause de moi que Yolande sait où tu habites, j'ai envie de mourir, dit Varda.

— Mesdames, cessez vos pleurnicheries. Tout ce qui arrive est de ma faute. J'ai été aveuglé toute ma vie par la richesse. Je comprends maintenant que la vraie richesse, c'est le bonheur.

Florence se décida brusquement.

— Tu dois partir, Patrick! Fais-le pour moi, pour Peterson, je t'en prie!

— Jamais. Si je dois partir, ce sera après notre mariage.

Varda se mit alors à le secouer pour lui faire comprendre la gravité de la situation.

— Ces féministes ne plaisantent pas. Si tu ne pars pas maintenant, tu te retrouveras en prison et il ne sera plus question de mariage. Si tu décides de partir maintenant, tu pourras te marier à Saint-Domingue avant de prendre l'avion pour les États-Unis. Tu pourras te rendre à New York ou bien à Miami, chez ma vieille tante. Tu pourras tout organiser à partir de Saint-Domingue, je connais un tas de monde là-bas.

— D'accord, dit Patrick d'un ton triste et résigné, mais pas avant de dire au revoir aux enfants.

— Pas le temps, Patrick, nous devons partir avant qu'il ne fasse nuit. Nous allons emprunter la route des falaises. Yolande ne croira jamais que je suis capable da conduire sur cette route, et de plus elle ne la connaît pas. Nous prendrons ma voiture, tu auras plus de chance de passer inaperçu.

Les yeux de Florence se remplirent de larmes de désespoir. Varda se tourna vers elle pour essayer de la calmer.

— Tu ne vas pas le perdre ton Patrick, ne t'inquiète pas. Il est entre de bonnes mains. Dans quelques jours, tu pourras le rejoindre et si tout va bien, vous pourrez vous marier.

Patrick prit Florence par les épaules pour la réconforter. Il déposa un baiser sur chacune de ses paupières.

— Ne pleure pas mon amour, nous serons bientôt l'un à l'autre, peu importe le lieu de notre union. Même si cela devait se faire au pénitencier. Ce serait une grande première, tu ne trouves pas? dit-il avec un sourire forcé. Tu serais d'accord, n'est-ce pas, mon ange?

— Oui, mon chéri. L'endroit n'a aucune importance. Je t'aime et c'est tout ce qui compte pour moi.

— Je t'aime aussi, ma petite Florie. Prends bien soin de toi. Embrasse les enfants. Occupe-toi de Peterson, comme tu l'as promis. Tu sais comment t'y prendre avec lui, je ne me fais aucun souci. Appelle Rachelle dès ce soir. Reste en contact avec elle. Je t'aime, ma douce petite chérie, à bientôt.

Ils s'embrassèrent une dernière fois.

Lorsque la police apparut très tôt le lendemain matin, Patrick et Varda étaient déjà loin. Elle procéda à l'arrestation de Jules et de Florence. Celle-ci fut relâchée quarante-huit heures plus tard, faute de preuves.

À peine libérée, Florence se rendit auprès de Peterson afin de le réconforter.

— Maman, penses-tu qu'on va revoir papa bientôt?

— Oui, mon chéri, nous serons bientôt tous réunis.

— Quand?

— Je ne peux pas te dire quand exactement, je ne le sais pas moi-même.

— Et si on tuait mon papa, tu resterais toujours ma maman?

En disant ces mots, des larmes jaillirent de ses beaux yeux.

— Ne pleure pas, mon enfant, je resterai ta maman aussi longtemps que tu le voudras. Je t'aime très fort, tu sais?

Par instinct maternel, elle le prit dans ses bras et le berça doucement.

— Toi et moi, nous sommes unis pour la vie, mon petit Peterson, et rien ni personne ne pourra briser ce lien d'amour.

La nuit tombait et Florence décida qu'il était temps de mettre Peterson au lit.

— Maintenant, tu vas te coucher et faire un beau dodo. Fais de beaux rêves, mon petit chou.

Elle était sur le point de sortir de la chambre lorsque le petit lui demanda d'une voix craintive.

— Maman, crois-tu que papa est hors de danger?

— Maintenant qu'il est en république Dominicaine, il est certain que rien ne va lui arriver. Ne t'inquiète pas!

Elle revint sur ses pas, s'assit sur le lit à ses côtés et lui prit la main.

— Écoute, mon enfant, il faut que tu sois fort. Tout ceci ne sera qu'un mauvais souvenir dans quelques jours. Je te promets que tout ira bien. Nous serons bientôt tous ensemble. Demain, j'amènerai Sandy et vous pourrez vous amuser tous les deux.

— Youpi! Formidable! Elle viendra s'installer avec nous? Pour toujours?

— Oui, elle restera avec nous pour toujours. Nous allons former une belle famille!

C'est sur cette note joyeuse que Peterson s'endormit. Florence se retira dans sa chambre, mais ne parvint pas à trouver le sommeil. Elle tournait et se retournait dans son lit, sans pouvoir se rendormir. Elle n'arrivait pas à chasser Patrick de ses pensées. Son oreiller était humide de ses larmes. Mille pensées se heurtaient dans son cerveau. Elle arriva même à se demander si Varda n'allait pas devenir un obstacle entre elle et Patrick après tout ce qu'elle avait fait pour lui.

L'aube commença à chasser la nuit. Elle décida de se rendre dans la chambre de son fiancé. Elle s'assit et alluma la télévision, sans vraiment prêter attention aux images qui défilaient sous ses yeux. Elle commença à prier, en pleurant à chaudes larmes.

— Mon Dieu, Patrick a un bon cœur, pardonnez-lui le mal qu'il a fait. Faites en sorte que nous soyons réunis, je vous en supplie. Je l'aime tellement! Je ne peux pas vivre sans lui. Seigneur, protégez-le!

Il était six heures du matin lorsque la chaîne de télévision diffusa son premier bulletin de nouvelles.

Le simple mot « accident » prononcé par le commentateur attira son attention. La voiture quittait le pays pour se rendre dans l'État voisin. Une douleur intense lui vrilla la tête. Elle tomba à genoux, toutes ses forces l'abandonnèrent.

— Dieu miséricordieux! Ne me faites pas ça. Ce n'est pas possible. Faites que je me réveille! Oui, oui, c'est ça, il ne peut s'agir que d'un cauchemar! Tais-toi! Tais-toi! Menteur!

Elle se précipita sur la télévision et la jeta furieusement parterre. L'appareil se brisa et la voix cessa.

Le silence régnait dans la pièce, mais le vacarme dans sa tête et les battements de son cœur la rendaient folle. Au bord de l'hystérie, elle s'écria :

— Ce n'est qu'un cauchemar, un maudit cauchemar.